검신급
공무원의
회귀
JN441628

DECA
MEDIA

검신급 공무원의 회귀 2

초판 1쇄 2025년 9월 15일

지은이 자리 · **발행인** 김정수 · **고문** 이종주
발행처 데카미디어 · **출판등록** 2025년 4월 17일
주소 서울시 영등포구 당산로 214 · **E-mail** tradejjang0@gmail.com
유통 · 판매 관리 (주)행운사 · **Tel** (031)901-1137 · **FAX** (031)901-4140
E-mail luckybogo222@naver.com · luckybogo222@daum.net

ISBN 979-11-7513-029-6 (2권)
ISBN 979-11-7513-027-2 04810 (세트)

검신급 공무원의 회귀

자리 퓨전 판타지 장편소설

2

차 례

Chapter 1

히든 게이트 혈의 누는 총 세 단계로 나뉜다.

1차 몬스터 방, 2차 몬스터 방.

마지막 3차 보스 룸.

1차는 흡혈박쥐 군단을 상대해야 하고 2차는 2차는 블러드 슬라임을 상대해야 한다.

물론 수호에게 그리 어려운 일은 아니었다.

2차 몬스터 방에서도 수호의 위압은 빛을 발했으니까.

덕분에 수호는 또 한 번 레벨을 3개나 올릴 수 있었고, 46의 레벨에 도달한 상태에서 마지막 보스 룸 앞에 설 수 있었다.

겁날 건 없었다.

이 너머에 있는 존재가 무엇인지 수호는 잘 아니까.

거대한 석판문을 열고 들어가자 여태껏 동굴 같은 거친

배경이 아닌 깔끔하게 대리석으로 정돈된 거대한 회랑이 모습을 드러냈다.

그 끝에는 레이스가 둘러진 거대한 침대가 하나 있었는데 침대의 중심에는 누군가 얌전히 누워 있는 실루엣이 보였다.

그때였다.

[보스 룸에 입장하셨습니다.]

[보스 몬스터가 깨어납니다.]

쿠구구구……

알림과 함께 진동하는 사위.

동시에 천장에 숨어 있던 흡혈박쥐들이 파드득 날았고 곳곳에 숨어 있던 블러드 슬라임들이 좀비처럼 기어 나왔다.

수호를 덮치기 위해서가 아닌 보스 몬스터의 등장에 압도감을 더해 주기 위해 일부러 모습을 비춘 것이다.

동시에 침대에 뉘어져 있던 존재가 반동 없이 천천히 상체를 일으켰다.

- 감히 이곳에 겁도 없이 침입하다니…… 어리석은 침입자여, 네가 지금 무슨 짓을 저질렀는지 아느냐?

침대 위의 존재는 절대로 목소리를 높이지 않았다.

하지만 그럼에도 불구하고 그의 목소리는 회랑 전체를 진동시키며 쩌렁쩌렁하게 울렸는데 그 자체만으로도 굉장한 위압감을 형성해냈다.

[저주받은 왕자가 위압감을 뿜어냅니다.]

[보스 몬스터급 피어가 발동됩니다.]

목소리 자체에 피어가 녹아 있어 그 효과 자체는 보통의 피어와 같다.

하지만.

[용혈이 발동됩니다.]

[드래곤 블러드의 용의 정신 효과에 의해 피어가 적용되지 않습니다.]

수호는 아무렇지도 않았다.

용혈이 가진 첫 번째 힘, 드래곤 블러드가 가진 두 가지 권능 중에 하나인 '용의 정신' 덕분이었다.

수호는 용의 정신이 가진 효과를 떠올렸다.

[용의 정신]

- 등급 : S

용의 핏줄을 타고난 자만이 받을 수 있는 선택이자 타고난 권능.

드래곤 이하급 존재가 사용하는 모든 정신계 디버프 효과에 대한 면역을 가진다.

이래서 혈통이 중요하다는 것이다.

고작 핏줄을 잘 타고 났다는 이유 하나만으로 보스 몬스터의 피어조차 무시해 버릴 수가 있었으니까.

수호는 대답 대신 인벤토리에서 창을 하나 꺼냈다.

꺼낸 창은 타워 드래곤을 상대했을 때 던졌던 것과는 달리 약간의 푸른 빛이 도는 것이었다.

수호는 새로 준비한 창에 스킬 하나를 사용했다.

[성스러운 힘이 발동됩니다.]

사용된 스킬은 '성스러운 힘'.

30레벨이 되었을 때 획득한 치유사 전용 기본 스킬로 성스러운 빛 속성을 인챈트시켜 주는 스킬이었다.

속성 부여를 마친 수호는 실루엣에 가려져 있는 녀석을 향해 조금도 망설이지 않고 던졌다.

[투창이 발동됩니다.]

증가한 힘과 증가한 관통력.

스킬 보정 효과를 입은 창은 탄도 미사일처럼 날아가 녀석의 몸에 박혔다.

콰직!

공격은 적중했다.

그리고.

[대화를 거부당한 저주받은 왕자가 분노에 크게 분노합니다.]

[저주받은 왕자가 블러드 스크림을 사용합니다.]

키아아아아아-!

피의 울음소리.

동시에 실루엣과 침대가 폭사되며 사방에 뿌려졌고 마침내 저주받은 왕자의 모습이 드러났다.

그는 보랏빛 피부에 긴 회백색 머리칼, 그리고 검은 자위가 없는 백안에서 끊임없이 피눈물을 흘리고 있었다.

수호는 녀석의 머리 위에 적힌 정보를 확인했다.

- 저주받은 왕자 Lv.76

무려 76레벨.

1, 2번 몬스터 방을 뚫으며 이제 겨우 46레벨이 된 수호와 비교하면 무려 30개나 차이가 났다.

그때 왼쪽 팔뚝에 창이 꽂힌 저주받은 왕자가 울부짖듯 외쳤다.

- 감히! 감히! 감히! 더러운 침입자 주제에 너 또한 내 말을 무시하는 것이냐!!

[저주받은 왕자가 블러드 스크림을 사용합니다.]

또 한 번의 알림.

그와 동시에 회랑 전체에 피의 울음소리가 울렸고 저주받은 왕자로부터 핏빛 바늘이 사방으로 뿌려졌다.

카강!

수호는 인벤토리에서 검을 꺼내 그것을 막았다.

검이 떨린다.

고작해야 범위형 원거리 공격을 쳐냈을 뿐인데 검이 떨리는 걸 보니 녀석의 힘이 얼마나 대단한지 가늠이 갔다.

하지만 그렇다고 못 막을 정도는 아니었다.

타워 드래곤 또한 처음엔 그랬으니까.

수호가 웃으며 생각했다.

'역시 순은창에 성스러운 힘이야, 효과 한번 죽이네.'

수호는 이번 히든 게이트를 위해 특별한 무구들을 준비했다.

바로 100% 순은으로 만들어진 무구들이었다.

그도 그럴 게 이곳, '혈의 누'의 주인인 '저주받은 왕자'의 종족은 무려, '뱀파이어'였으니까.

'게다가 이름까지 왕자인 진짜배기 왕족 뱀파이어란 말씀.'

이곳을 처음 발견한 이는 한때 '혈대제'라 불리었던 악성 플레이어였다.

그는 보기 드문 이종족 플레이어였는데 이곳 혈의 누에서 저주받은 왕자에게 물리고 종족 자체가 인간에서 뱀파이어가 된 케이스였다.

'정확히는 하프 뱀파이어였지만.'

그는 치유사 클래스로 중앙혈액원에서 근무하던 직원이었는데.

우연한 기회에 이곳에 휘말리게 되었고 가까스로 보스

룸에 도달할 순 있었으나 애석하게도 저주받은 왕자를 꺾지 못하고 목을 물려 뱀파이어가 된 것이다.

원래라면 당연히 죽을 운명이었다.

흡혈귀에 물려 동족화가 진행되면 시스템이 플레이어를 몬스터로 규정해 버리고 게이트 자체를 닫아 버리니까.

하지만 혈대제는 가만히 앉아 운명을 받아들이지 않았다.

치유사였던 그는 자신에게 진행 중이던 뱀파이어화를 스킬로 중화시키는데 성공한 것.

그러자 놀라운 일이 벌어졌다.

'뱀파이어 특유의 스킬들이 생겨남은 물론이고 스탯 전체가 개편이 되었지.'

클래스가 바뀐 건 아니었다.

그저 새로운 특성이 추가된 것일 뿐.

그렇게 다시 태어난 혈대제는 새롭게 늘어난 힘을 바탕으로 저주받은 왕자를 꺾는데 성공하며 게이트를 공략.

그리고 그것이 한때 세계적으로 악명을 떨쳤던 최악의 빌런, '혈대제'의 시작이었다.

'뭐, 결국엔 내 손에 잡혔지만.'

수호는 인벤토리에서 순은창을 하나 더 꺼내 왼손으로 쥐며 저주받은 왕자를 향해 창을 겨누었다.

그러자 저주받은 왕자가 일순 공중으로 튀어 오르더니 뱀파이어 특유의 마기를 내뿜기 시작했다.

- 일어나라, 나의 병사들이여!

스스스슷!

뱀파이어의 마기가 언령이 된 순간이었다.

회랑 곳곳에 존재감을 표출하고 있던 블러드 슬라임들이 일순 한 군데로 모이며 거대한 탑을 쌓기 시작하더니 팔이 튀어나오고 다리가 튀어나오며 한 마리의 거대한 골렘이 완성되었다.

[블러드 슬라임들이 융합됩니다.]

[블러드 골렘이 소환됩니다.]

시스템의 보증.

그 증거로 녀석의 머리 위엔 떡하니 자신의 이름이 박혀 있었다.

- 블러드 골렘 Lv.72

심지어 레벨도 72에 육박한다.

위압은 통하지 않는다.

블러드 골렘은 보스 몬스터가 소환한 네임드급 몬스터였으니까.

하지만 수호는 도리어 녀석을 반겼다.

그도 그럴 게 아직 수호의 레벨은 50이 채 되지 않았으니까.

"고맙다, 모기야!"

모기.

플레이어들 사이에서 뱀파이어를 낮잡아 부르는 별명.

수호가 목표를 바꿔 인챈트를 마친 순은창을 블러드 골렘을 향해 던졌다.

그러자 블러드 골렘 정중앙에 순은창이 날아가 박혔고 중심부를 공격당한 블러드 골렘이 일순 휘청였다.

- ……!

그것을 본 저주받은 왕자의 눈이 일순간 커졌다.

고작해야 투창 한 번일진대 자신의 블러드 골렘이 이 정도로 타격받을 줄은 몰랐던 것이다.

그렇기에 황급히 다른 군사를 소환하기 시작했다.

- 집결하라, 나의 병사들이여!

또 한 번 뿜어지는 마기.

뿜어지는 마기가 닿은 곳은 다름 아닌 흡혈박쥐들이었다.

마기와 함께 어우러진 흡혈박쥐들은 블러드 슬라임이 그랬듯 허공에 뭉쳐지기 시작했고 이내 곧 거대한 박쥐로 재탄생되었다.

[흡혈박쥐들이 융합됩니다.]

[백년박쥐가 소환됩니다.]

블러드 골렘에 이어 백년박쥐의 등장.

레벨도 블러드 골렘과 같은 72다.

근데 뭐 어쩌라고?

수호는 세 번째 순은창을 꺼내 성스러운 힘을 부여했다.

그리고 던졌다.

콰직!

그러자 마찬가지로 복부가 꿰뚫린 백년박쥐가 반쯤 뚫고 들어온 순은창의 힘에 못 이겨 함께 날아가 벽에 박혔고.

[투창이 발동됩니다.]

수호는 그때를 놓치지 않고 귀영창을 잇달아 던져 녀석의 그림자에 박아 넣었다.

[그림자 주박이 발동됩니다.]

[그림자 출혈이 발동됩니다.]

비행 스킬이 없는 현 상황에서 가장 귀찮은 것이 바로 날아다니는 놈들을 상대하는 것이다.

그래서 일부러 저주받은 왕자에게 귀영창을 쓰지 않고 때를 기다린 것.

백년박쥐의 발을 묶은 수호는 그제서야 검을 들었다.

검은 당연히 순은으로 만든 순은검이었다.

순은검에 성스러운 힘을 부여한 수호는 곧장 블러드 골렘에게 달려들었다.

[발도가 발동됩니다.]

[참수가 발동됩니다.]

블러드 골렘에게 바짝 붙은 수호는 연달아 검술 스킬을 사용하며 블러드 골렘의 피를 착실히 깎았다.

일부러 역린인 핵은 노리지 않았다.

왜냐면 이 녀석은 블러드 슬라임들이 이루 모여 만들어진 골렘.

말인즉, 몸 곳곳이 블러드 슬라임으로 이루어져 있어 핵이 아닌 몸체를 공격하면 공격할수록 몸을 구성하고 있는 블러드 슬라임들이 사망해 체력이 줄어드는 형식이기 때문.

바꿔 이야기하자면 수호가 이 녀석을 공격할 때마다.

[블라드 슬라임을 처치하셨습니다.]

[블라드 슬라임을 처치하셨습니다.]

[블라드 슬라임을 처치하셨습니다.]

……

[레벨이 올랐습니다.]

[모든 스탯이 1 올랐습니다.]

[보너스 스탯을 1개 획득하셨습니다.]

실시간으로 블러드 슬라임의 경험치가 들어온다는 말.

그리고 마침내 블러드 골렘의 몸체를 절반 이상 날렸을 때였다.

[블러드 골렘을 처치하셨습니다.]

[레벨이 올랐습니다.]

[모든 스탯이 1 올랐습니다.]

[보너스 스탯을 1개 획득하셨습니다.]

수호는 또 한 번 레벨을 올리는 쾌거를 이룰 수 있었다.

- 이 무슨 말도 안 되는……!

"말이 왜 안 돼?"

수호의 압도적인 힘에 저주받은 왕자가 경악한다.

하지만 경악하기도 잠시, 사태의 심각성을 깨달은 저주받은 왕자가 황급히 다음 공격을 준비했다.

그 순간, 일순 그의 눈앞에 수호가 나타났다.

"네 차례는 아직이야."

- 아니, 어떻게!

[참수가 발동됩니다.]

서걱!

코앞까지 거리를 좁힌 수호가 일순 검을 휘둘렀다.

그러자 저주받은 왕자의 목이 베여 바닥에 떨어졌고 수호는 그것을 저 멀리 걷어찼다.

그런 다음.

"귀영창 소환."

[귀영이 발동됩니다.]

콰직!

수호는 다시 귀영창을 소환하여 목이 베인 저주받은 왕자의 몸뚱이 그림자에 귀영창을 꽂아 넣었다.

[그림자 주박이 발동됩니다.]

[그림자 출혈이 발동됩니다.]

그와 동시에 발동되는 귀영창의 특수 옵션들.

수호는 녀석의 몸뚱이를 단단히 고정시킨 후에야 다시

검을 빼들었다.

“조금만 기다려, 넌 백년박쥐부터 죽이고 처리해 줄 테니까.”

- 무, 뭐라고!

난생처음 받아 보는 끔찍한 대접에 저주받은 왕자가 쉴 틈 없이 울부짖는다.

하지만 달랑 하나 남은 머리 따위가 할 수 있는 건 시끄럽게 울부짖는 게 전부.

다시 검을 빼든 수호는 그림자 출혈로 체력이 꽤 많이 빠진 백년박쥐에게 다가갔다.

그런 다음 다시 검을 휘둘러 녀석들을 도륙하기 시작했고.

[백년박쥐를 처치하셨습니다.]

[레벨이 올랐습니다.]

[모든 스탯이 1 올랐습니다.]

[보너스 스탯을 1개 획득하셨습니다.]

마침내 50레벨을 달성해낼 수 있었다.

알림은 계속해서 이어졌다.

[축하드립니다! 50레벨을 달성하셨습니다.]

[시스템이 당신에게 더 높은 힘을 선물합니다.]

[보너스 스탯이 5개 지급됩니다.]

[치유사 클래스 전용 스킬들의 레벨이 모두 한 단계씩 상승합니다.]

[시스템은 당신이 더욱더 강해지길 원합니다.]

[특성 시스템이 활성화되었습니다.]

[시스템이 당신을 관찰하기 시작합니다.]

알림은 이게 전부였다.

허나 옛날에 봤던 대로 그대로이기도 했다.

'빠르면 10분 내로, 늦으면 이번 게이트가 끝나는 대로 특성이 부여가 되겠지.'

특성을 부여하는 건 전적으로 시스템의 판단에 달려 있었으니까.

하지만 시스템의 관찰을 떠나 이미 정해진 공식대로 행동하면 시스템의 평가와는 관계없이 원하는 특성을 획득할 수 있다.

그러니 지금부터가 골든타임이었다.

백년박쥐를 제거한 수호는 그제서야 회랑 구석에서 홀로 비명을 지르고 있는 저주받은 왕자의 머리통 쪽으로 다가갔다.

- 키아아아!!

저주받은 왕자의 몸은 그림자 주박에 걸려 동상처럼 굳어 있었고 머리는 이성 잃은 야수처럼 분노에 차 홀로 울부짖고 있었다.

이딴 걸 과연 왕자라고 할 수 있을까?

상관없다.

그 형태가 듀라한이든 야수든 어쨌든 녀석의 신분이 뱀파이어라는 게 중요했으니까.

수호는 녀석의 머리를 들어 올렸다.

- 놔라! 놓으라고!! 이 더럽고 천한 것아!!

머리통만 남아서 꽥꽥 거리는 게 꼭 만드라고라를 보는 것 같다.

그 녀석도 뿌리째 뽑히자마자 이렇게 비명을 질렀는데.

수호가 대답 대신 저주받은 왕자의 머리를 자신의 팔뚝에 가져다 댔다.

그러자 기회를 포착한 저주받은 왕자가 있는 힘껏 수호의 팔뚝을 깨물었다.

콰득!

아프다.

체력 스탯이 레드 등급이 아니었다면 아마 팔뚝이 떨어져 나갔을 정도의 고통이었다.

허나 수호의 체력 스탯은 레드 등급이었고 보란 듯이 녀석의 치악력을 버텨냈다.

그 순간.

[왕족 뱀파이어에게 물리셨습니다.]

[저주받은 왕자가 흡혈을 사용합니다.]

[저주받은 왕자가 동족화를 사용합니다.]

[동족화 진행 중 ……1%.]

눈앞에 떠오르는 시스템 알림들.

혈대제가 겪었던 동족화가 진행되기 시작한 것이다.

그와 동시에 수호는 두통과 격한 현기증이 일기 시작했다.

수호는 현기증이 일자마자 저주받은 왕자의 머리를 팔뚝에서 떼어 내 구석으로 집어 던졌다.

'혈대제가 말한 대로군.'

동족화가 진행되면 두통과 현기증은 물론 피에 대한 갈망으로 엄청난 갈증이 몰려온다고 했다.

아니나 다를까, 말이 끝나기가 무섭게 입이 바짝 말랐다.

물 한 방울 없이 사막을 세 시간은 걸은 기분이다.

'이런 식으로 뱀파이어의 기분을 간접적으로 느껴 볼 줄이야.'

신선하다면 신선한 경험이었다.

하지만 신선하다고 해서 계속해서 즐기고 싶진 않았다.

경험은 경험으로 남을 때가 가장 아름다운 법.

그때, 비틀거리는 수호를 본 저주받은 왕자가 광소를 터뜨렸다.

- 크하하! 이 멍청한 놈! 주제도 모르고 설치더니 스스로 재앙을 자초하는구나!

뭘 알고나 지껄이는 걸까?

수호는 광소를 터뜨리는 저주받은 왕자를 무시한 채 바닥에 앉았다.

서 있기엔 현기증이 심했기 때문이다.

그런 다음 동족화가 49%쯤 진행됐을 때, 수호는 인벤토리에서 미리 구매해 온 정화의 성수를 꺼냈다.

정화 포션이 보통의 상태이상을 제거하는데 특화되어 있다면 정화의 성수는 특별한 상태이상…… 예컨대 좀비화나 뱀퍼이어화 같은 언데드나 마족과 관련된 디버프에 특화되어 있었다.

'혹시 몰라 20병이나 준비해 왔다.'

혈대제의 말에 따르면 동족화를 완전히 정화시키기 위해선 질 좋은 정화의 성수 기준으로 5병이면 충분하다고 했으나 혹시 몰라 20병을 준비했다.

그리고 마침내 동족화가 50%가 된 순간, 수호는 정화의 성수 마개를 열었다.

혈대제가 뱀파이어 특성을 얻은 조건은 동족화 진행도가 50%를 넘겼을 때라고 했으니까.

그런데 그때였다.

[동족화가 50% 이상 진행되었습니다.]

[당신의 혈액 일부가 오염되기 시작합니다.]

[용혈의 두 번째 권능의 해금 조건이 모두 충족되었습니다.]

[① 50레벨 달성.]

[② 정신적 및 육체적 생명의 위협.]

[용혈의 두 번째 권능이 해금됩니다.]

[드래곤 아머가 개방되었습니다.]

[드래곤 아머로부터 용인(S)을 터득하셨습니다.]

[드래곤 아머로부터 드래곤 스킨(S)을 터득하셨습니다.]

눈앞에 시스템 알림들이 쏟아진다.

그것들은 수호도 전혀 예상하지 못한 것이었다.

'두 번째 권능의 조건이 여기서 해금된다고?'

수호는 용혈의 두 번째 권능이 가진 두 개의 조건들을 떠올렸다.

1. 50레벨의 달성.

2. 정신적 및 육체적 생명의 위협.

2번의 경우엔 원래라면 공개되어 있지 않은 조건이었다.

허나 수호는 이미 용마에게 들어 알고 있었다.

그래서 50레벨을 달성하고 나면 차차 두 번째 권능의 해금을 위한 맞춤 게이트도 이미 생각해 두었다.

그런데 갑자기 두 번째 조건이 해금된 것이다.

왜 그런 건지는 바로 알 것 같았다.

'그렇군. 뱀파이어의 동족화 자체가 목숨을 위협하는 일이니 시스템이 생명의 위협으로 인정해 준 거야.'

그렇기에 수호는 웃을 수밖에 없었다.

이렇게 되면 정화의 성수는 필요도 없을뿐더러, 생각했던 것보다 훨씬 더 나은 결과가 도출될 테니까.

그 증거로.

[용혈이 발동됩니다.]

[드래곤 아머의 용인 효과에 의해 더 이상 동족화가 진행되지 않습니다.]

[드래곤 아머의 용인 효과로 인해 오염된 피가 정화되기 시작합니다.]

[드래곤 아머의 용인 효과로 인해 오염된 피가 흡수되기 시작합니다.]

아니나 다를까, 동족화로 오염된 피를 정화하기 위해 드래곤 아머에 내재되어 있던 용인이 자동으로 발동되었기 때문이다.

수호는 용인의 정보를 확인했다.

[용인]

- 등급 : S

용의 핏줄을 타고난 자만이 받을 수 있는 선택이자 타고난 권능.

핏줄에 고귀함과 우월함을 부여한다.

용인 효과가 적용되는 동안 플레이어는 그 어떤 감염 및 오염 효과를 받지 않으며 자동으로 오염 원인을 흡수하여 정화 및 치유, 진화 효과를 받는다.

역시.

용마가 했던 말 그대로였다.

수호는 용인의 정보 중에서도 마지막 구절에 주목했다.

[……오염 원인을 흡수하고 정화 및 치유, 학습 효과를 받는다.]

말인즉, 내 몸에 흘러들어 온 불경한 뱀파이어의 피를 정화하고 뱀파이어의 오염된 피를 통해 얻을 힘들을 자동으로 학습하여 지급해 준다는 말.

'이래서 드래곤들이 최강의 생물이라는 거지.'

순수혈통의 드래곤보다 뛰어난 존재는 거의 없다.

그들은 세상의 수호자처럼 군림하는 존재로 모든 생명체들 중 가장 뛰어난 힘과, 마력, 정신력, 육체적 능력을 가졌으며 긴 수명과 함께 쉽게 병들지도 않는 생물학적으로 완전체에 가깝기 때문이다.

그뿐일까?

'타고난 핏줄의 우수성으로 적의 공격을 금방 학습해 파훼까지 해 버리지.'

그것이 용혈이 가진 용인의 힘이었다.

그때였다.

[드래곤 아머의 용인 효과로 인해 오염된 피가 완전히 정화되었습니다.]

[드래곤 아머의 용인 효과로 인해 오염된 피가 완전히

흡수되었습니다.]

[흡수한 오염된 피로부터 미지의 힘을 완전히 학습하는데 성공하였습니다.]

[뱀피르(F-)를 터득하셨습니다.]

[흡혈(A)을 터득하셨습니다.]

[혈옥(A)을 터득하셨습니다.]

[블러드 웨폰(A)을 터득하셨습니다.]

드래곤 아머의 용인 효과로 인해 오염된 피를 완전히 흡수하는데 성공했다.

그 결과, 수호는 무려 네 개의 스킬을 손에 넣을 수 있었다.

아니, 따지고 보면 세 개긴 했다.

[뱀피르]

- 등급 : F-

뱀파이어가 될 뻔했던 증거.

봉인된 상태입니다.

뱀피르.

용인 효과가 아니었다면 뱀파이어 블러드가 되었을 스킬.

그러나 용인 효과에 의해 봉인됐는지 이름도 바뀌고 등

급도 F로 떨어졌으며 봉인 및 격하의 표시인 마이너스 등급도 붙었다.

아쉬웠지만 이건 어쩔 수 없는 문제였다.

'용인은 자체적인 강력한 정화 능력을 사용하기 때문에 과정과 마무리까지 청소가 완벽하지만 정화의 성수는 억지로 동족화를 멈추는 게 고작이니까.'

예컨대 정화 과정이 너무 완벽하다 보니 불필요하다 판단된 스킬들을 소거해 버린 것.

아마 그 과정에서 '피의 병사'나 '블러드 스크림', '동족화' 같은 스킬들도 사라졌으리라.

'쯧, 아쉽지만 이번 특성은 포기해야겠군.'

아쉬웠다.

개인적으로 수호는 이곳에서 반드시 뱀파이어 블러드를 손에 넣고 싶었으니까.

그래야 그 특성을 얻을 수 있을 테니.

'하긴 그 어떤 플레이어가 용혈과 뱀파이어 블러드를 같이 가질 생각을 했겠어.'

수호는 아쉬운 마음을 뒤로한 채 스킬들의 정보를 확인했다.

[흡혈]

- 등급 : A

오직 순수한 혈액만을 뽑아내는 기술.

뽑아낸 혈액은 혈옥에 저장한다.

[혈옥]

- 등급 : A

뱀파이어들만이 가진 신비한 혈액 저장고.

체내에 필요 이상으로 공급된 혈액을 저장하며 자동으로 혈액 공급이 이루어진다.

[블러드 웨폰]

- 등급 : A

오직 고귀한 핏줄을 타고난 뱀파이어만이 사용할 수 있는 비전 기술.

자신의 혈액으로 이루어진 무기를 상상력과 결합하여 만들어낸다.

혈액이 부족할 경우 블러드 웨폰은 강제로 해제된다.

흡혈과 혈옥, 그리고 블러드 웨폰.

전부 아는 기술이다.

그래도 건진 게 아주 없는 건 아니었다.

특히 블러드 웨폰이 그랬는데 그도 그럴 게 블러드 웨폰의 경우 오직 귀족급 뱀파이어 이상부터만이 사용할 수 있는 희귀 스킬이었으니까.

'덕분에 한동안 무기 걱정은 덜겠군.'

정보 확인을 마친 수호는 창을 닫았다.

그리고 그제서야 구석에서 악을 쓰고 있는 저주받은 왕자에게로 눈길을 돌렸다.

그런데 저주받은 왕자의 상태가 조금 이상했다.

- 어떻게 나한테 물리고도 멀쩡할 수가 있는 거지……?

잔뜩 겁먹은 얼굴의 저주받은 왕자.

하긴.

저 녀석 입장에선 그럴 만도 했다.

왕족급 뱀파이어의 동족화 스킬은 어지간해선 실패하지 않는 것이었으니까.

하지만 상대가 나빴다.

아무리 왕족급 뱀파이어라 할지라도 위대한 용의 핏줄 앞에선 모든 게 미약하기 그지없었으니까.

- 역시 내가 저주받은 놈이라 그런 거야…… 난 아무 짝에도 쓸모가 없는 거였어…….

급기야 저주받은 왕자는 스스로의 능력을 한탄하며 자책하기에 이르렀다.

그때였다.

[저주받은 왕자가 스스로의 운명에 한탄하며 피눈물을 흘리기 시작합니다.]

[저주받은 왕자의 힘이 대폭 증가합니다.]

- 다 죽여 버리겠다……! 날 이렇게 만든 세상을 향해 복수하겠다……! 모든 걸 불태우고 짓밟아 나보다 잘난 놈들을 모두 다 구렁텅이에 처박아 버리겠다……!

별안간 저주받은 왕자가 폭주하기 시작한 것은.

페이즈 2의 시작이었다.

폭주와 동시에 녀석의 그림자에 박혀 있던 귀영창이 거칠게 튕겨져 나갔다.

그와 동시에 바닥을 구르던 녀석의 머리가 자석처럼 날아가 원래의 몸뚱이에 착 들러붙었다.

수호는 바로 거리를 벌렸다.

'슬슬 시작이군.'

폭주하는 왕자.

갑자기 일어난 시나리오가 아니었다.

정해진 수순이었다.

이건 녀석의 페이즈 2였으니까.

- 절대…… 절대로 용서치 않겠다……!

등골을 오싹하게 하는 섬뜩한 메아리.

전과는 비교도 되지 않을 정도로 강력한 마력이 뿜어져 나왔다.

동시에 블러드 스크림이 사방으로 뿌려졌고 수호가 그것을 막아낸 직후였다.

- 분노한 저주받은 왕자 Lv.80

녀석의 이름과 레벨이 바뀌었다.

80대 레벨.

블러드 골렘과 백년박쥐가 아니었다면 지금쯤 레벨 차이는 30 이상이 났을 터.

수호는 바로 순은창을 뽑아 들었다.

[성스러운 힘이 발동됩니다.]

순은창에 덧씌워지는 홀리 인챈트.

50레벨이 되자 새로운 스킬의 습득 대신 모든 치유사 스킬이 A등급으로 격상했다.

인챈트를 마친 수호는 조금도 망설이지 않고 녀석을 향해 순은창을 던졌다.

[투창이 발동됩니다.]

쇄아아!!

A급 투창이 바람을 가르며 녀석에게로 뿜어진다.

그것을 본 저주받은 왕자가 팔을 휘둘러 핏빛 채찍을 소환해 순은창을 튕겨냈다.

- 절대로…… 절대로 용서치 않겠다……!

피눈물을 흘리며 저주를 뇌까리는 왕자.

그가 소환한 핏빛 채찍은 저주받은 왕자의 블러드 웨폰이었다.

'역시 보통 무기로는 안 된다는 건가.'

그래도 무려 순은창에 A급 홀리 인챈트까지 발랐는데 이렇게 허무하게 나가떨어질 줄이야.

괜찮다.

수호에게도 녀석과 마찬가지로 이제 블러드 웨폰이 생겼으니까.

수호가 손을 들어 스킬을 발동시켰다.

[블러드 웨폰이 발동됩니다.]

츄아아아!

수호의 손아귀로부터 체내 혈액이 뿜어지더니 이내 기다란 검 한 자루가 만들어졌다.

검의 디자인은 한때 수호가 최후의 순간까지 가지고 있던 애검의 형상을 띠고 있었다.

수호는 이것을 혈검이라 부르기로 했다.

'블러드 웨폰의 공격력과 내구도는 내가 가진 스탯에 비

례한다고 했지.'

말인즉, 현재 수호의 블러드 웨폰은 성능은 레드 등급 정도 된다는 말.

이 정도면 충분히 저주받은 왕자와 맞설 만하다고 생각했다.

레드 스탯이 하나라면 모를까, 수호는 레드 스탯이 두 개인데다 저주받은 왕자의 레벨은 100이 안 되니 충분히 해볼 만한 밸런스였기 때문이다.

수호가 겨눔세를 취하자 흥분한 왕자가 수호를 향해 채찍을 휘둘렀다.

좌아아!

공기를 찢고 들어오는 피의 채찍.

채찍 끝이 펴지며 수호에게 데미지가 가해지려는 순간, 수호가 두 발짝 앞서 나가 혈검으로 채찍을 휘감았다.

그런 다음 팽팽해진 채찍을 당긴 후.

[성스러운 힘이 발동됩니다.]

혈검에 홀리 인챈트를 덧씌우자 치지직! 소리와 함께 녀석의 채찍 끝이 타들어 가듯 끊어졌다.

그것을 본 저주받은 왕자의 눈이 커진다.

동시에 수호의 입꼬리는 올라갔다.

"역시 중요한 건 무기의 질이었나."

비슷한 급의 블러드 웨폰에 수호 혼자 성스러운 힘이 덧씌워졌으니 당연한 결과였다.

힘의 우위를 확인한 수호는 망설임 없이 저주받은 왕자와의 거리를 좁혔다.

- 어딜!

쏟아지는 블러드 스크림.

그러나 수호는 일순 혈검을 넓게 펼쳐 녀석의 공격을 전부 막은 후 다시 검날을 좁혔다.

"이게 되네."

- ……!!

블러드 웨폰에 대한 꿀팁은 혈대제에게 많이 들었다.

그중 하나가 바로 블러드 웨폰에 대한 활용법이었는데 예컨대 블러드 웨폰은 고정된 형태로만 쓰는 게 아닌 실시간으로 형태를 바꾸어 활용할 수 있다는 것들이었다.

다시 원래 형태로 혈검을 되돌린 수호는 그대로 검을 한 바퀴 돌려 가속도를 이용해 검을 휘둘렀다.

서걱!

가속도가 붙은 칼날은 그대로 왕자의 팔 한 짝을 베는데 성공했다.

- 크아아아아!!

소리치는 왕자.

동시에 녀석의 몸에서 아까와는 비교도 할 수 없을 정도로 빠른, 그리고 훨씬 많은 양의 블러드 스크림이 쏟아졌다.

'이런!'

수호는 뒤늦게 혈검을 펼치려 했으나 블러드 스크림이 더 빨랐다.

수호의 몸에 블러드 스크림이 바늘처럼 무수하게 박힌다. 그런데.

'……어라?'

생각보다 버틸 만…… 아니, 안 아프네?

허세나 빈말이 아니었다.

정말이었다.

끽해야 좀 따가운 가시가 박힌 정도?

'왜 이러지?'

체력 스탯이 높아져서?

절대 아니었다.

체력 스탯이 높아진다 한들 늘어나는 건 절대적인 HP 정도와 신체 회복능력 정도였으니까.

물론 아주 약간 피부와 가죽, 뼈가 강화되긴 하지만 그렇게까지 드라마틱한 변화는 기대하기가 어려웠다. 그래서 장비 아이템을 중요시하는 것이고.

그런데 이번엔 정말로 안 아팠다.

왜일까?

그 순간, 수호의 머릿속에 스킬 하나가 떠올랐다.

'아, 드래곤 스킨 때문이구나.'

용혈의 두 번째 잠금이 개방되며 생겨난 능력인 드래곤 스킨.

드래곤 스킨은 말 그대로 용의 피부를 갖게 해 주는 능력이었다.

'그게 이 정도 효과가 있을 줄이야.'

물론 진짜 용의 피부는 아니겠지만 어쨌든 신체 자체가 강화되었다는 건 알았다.

그것도 이전과는 비교도 안 될 정도로.

그래서일까?

덕분에 수호는 보다 마음 편히 녀석을 상대할 수 있겠다는 생각이 들었다.

수호가 혈검을 높이 치켜든 후 스킬을 발동시켰다.

[성스러운 힘이 발동됩니다.]

그리고.

[참수가 발동됩니다.]

서걱!

수호는 조금도 망설이지 않고 검을 내리그었다.

그러자 녀석의 목에 기다란 검흔이 새겨지더니 수호의 검격을 버티지 못하고 또 한 번 아래로 추락했다.

수호는 그것을 놓치지 않고 있는 힘껏 머리를 걷어찼다.

그리고 귀영창을 소환해 이번엔 녀석의 머리 그림자에 던져 맞혔다.

콰직!

녀석의 그림자에 귀영창이 정확히 꽂힌다.

[그림자 주박이 발동됩니다.]

[그림자 출혈이 발동됩니다.]

- 크아아아아!!

고통에 울부짖는 저주받은 왕자.

그와 동시에 머리와 떨어진 몸뚱어리가 허우적거리며 손톱을 휘두르기 시작했다.

서걱!

페이즈 2가 되었다지만 머리를 잃고 허우적대는 게 전부인 머리통 하나 해치우지 못할까?

수호는 녀석의 몸을 차례대로 도륙하기 시작했다.

- 끄으으으! 끄으으으!

녀석의 몸을 도륙낼수록 주박에 감긴 머리통이 고통에 울부짖는다. 허나 그마저도 입술을 달싹이지 못해 앓는 소리만 내는 게 전부였다.

쿵!

도륙당한 녀석의 육신이 쓰러진다.

쓰러진 몸뚱어리로부터 다량의 피가 쏟아져 나왔고 이내 바닥을 축축이 적셨다.

이제 남은 건 녀석의 머리통을 깨부수는 것뿐.

그러나 수호는 머리통을 바로 깨부수지 않고 쓰러진 시

체를 향해 손을 뻗었다.

[흡혈이 발동됩니다.]

흡혈이 발동되자 바닥에 고인 핏물들이 청소기로 빨아들이는 것처럼 수호의 손아귀로 몰려들기 시작했다.

혈대제의 말대로였다.

뱀파이어들의 흡혈은 분명 입을 통해 사용하는 것이 보편적이나 스킬이 된 흡혈은 굳이 입을 사용하지 않아도 타인의 피를 흡수할 수 있었다.

[흡수한 피가 혈옥에 저장됩니다.]

피를 흡수하기 시작했을 때였다.

수호의 시야 한편에 반투명한 유리 보옥 하나가 생기더니 그 안에 찰랑이며 피가 차오르기 시작했다.

오직 수호만이 볼 수 있는 혈옥이었다.

'이런 식으로 확인하는 방식인가 보군.'

마치 리치의 라이프 베슬과 비슷하달까.

그렇게 피를 흡수하기 시작하자 읍읍거리던 저주받은 왕자의 발작이 더더욱 심해졌다.

왕자도 느끼고 있는 것이다.

자신의 소중한 피가 실시간으로 착취되고 있다는 걸.

그러나 수호는 녀석이 버둥거리든 말든 녀석의 피를 한 방울도 남기지 않고 모두 흡수했고, 흡수를 마친 뒤엔 이젠 버둥거리지는 것조차 힘들어 보이는 녀석의 머리를 잡아 들어 올렸다.

- 네놈……!

신기한 일이었다.

피를 거의 빼앗긴 저주받은 왕자는 미라처럼 거의 말라 있었다.

수호는 귀영창을 소환했다.

그런 다음 성스러운 힘을 바른 뒤 녀석의 머리를 공중에 던졌다.

그리고 던진 머리를 향해 투창했다.

콰득!

창을 튕겨냈던 처음과는 달리 힘을 거의 빼앗긴 왕자의 머리는 두부처럼 관통됐고 창에 꿰여진 채로 벽에 날아가 꽂혔다.

꽂힌 머리는 얼마간 부르르 떨더니 이내 축 처졌다.

그러자 시스템 알림이 쏟아지기 시작했다.

[저주받은 왕자를 처치하셨습니다.]

[게이트가 공략되었습니다.]

[게이트 공략의 MVP는 '안수호' 님입니다.]

[MVP 선정으로 추가 경험치가 제공됩니다.]

[MVP 선정으로 보너스 스탯이 1개 제공됩니다.]

[히든 게이트가 공략되었습니다.]

[히든 게이트를 혼자 공략하는데 성공하셨습니다.]

[대단한 업적을 달성하여 시스템이 당신에게 보너스 스탯을 5개 선물합니다.]

[레벨이 올랐습니다.]

[모든 스탯이 1 올랐습니다.]

[보너스 스탯을 1개 획득하셨습니다.]

도전의 탑 때와는 확연히 다른 알림.

더불어 레벨도 하나 올랐다.

당연했다.

저주받은 왕자의 레벨은 무려 80에 육박했으니까.

이윽고 귀영창의 그림자 포식 옵션이 발동되기 시작했다.

[귀영창이 저주받은 왕자의 그림자에 반응합니다.]

[귀영창이 저주받은 왕자의 그림자를 흡수합니다.]

[귀영창이 강화됩니다.]

[귀영창이 저주받은 왕자의 그림자를 완전히 흡수하였습니다.]

저주받은 왕자도 상당한 녀석이라고 생각했는데 애석하게도 놈의 마력만으로는 다음 단계를 해방시키기엔 모자란 모양.

상관없다.

세상엔 귀영창에게 먹일 녀석들이 아직 잔뜩 있었으니까.

이윽고 눈앞에 바깥으로 향하는 출구 포탈이 생성되었다.

하지만 수호는 아직 기다리고 있는 것이 있었다.

그때였다.
[시스템이 당신에 대한 평가를 마쳤습니다.]
[시스템은 당신의 재능을 세밀하게 분석하여 당신에게 걸맞은 특성을 지급하기로 결정했습니다.]
['뉴블러드'를 터득하셨습니다.]
[세상에 단 하나뿐인 특성을 획득하셨습니다.]
[위대한 업적을 달성하여 시스템이 당신에게 보너스 스탯을 10개 선물합니다.]
됐다.
드디어 특성이 떴다.
근데……
'뉴블러드는 또 뭐야?'
뉴블러드.
처음 듣는 말이다.
정말이었다.
그도 그럴 게 기억의 도서관을 전부 뒤져도 뉴블러드란 말 자체를 처음 들어 보았으니까.
그래도 예감이 나쁘지 않다.
시스템은 분명 뉴블러드를 위대한 업적이라고 판단했으니까.
'나쁜 의미의 위대한 업적은 없다. 시스템이 인정하는 위대한 업적은 무조건 모두가 칭송할 만한 것이어야 하니까.'

수호는 두근거리는 마음으로 뉴블러드의 정보를 확인했다.

아니, 확인하려던 순간이었다.

[뉴블러드의 효과로 인해 뱀피르의 봉인이 해제됩니다.]

[스킬 정보가 변동됩니다.]

[뱀파이어 블러드를 터득하셨습니다.]

[뱀파이어 블러드의 터득으로 인해 일부 스킬 정보가 변동됩니다.]

[흡혈 스킬의 등급이 S등급으로 변동됩니다.]

[변동된 스킬의 정보가 변동됩니다.]

[혈옥 스킬의 등급이……

'어?'

수호가 손에 넣으려 했던 뱀파이어 블러드의 봉인이 해제된 것은.

잘못 본 게 아니었다.

알림은 계속 쏟아졌고 수호는 흡혈과 혈옥, 그리고 블러드 웨폰의 등급을 전부 S급으로 격상시킬 수 있었다.

수호는 얼른 뉴블러드의 정보를 확인했다.

[뉴블러드]

새로운 타입의 혈통.

진화의 기본은 기존의 것을 흡수하여 합하는 것.

모든 혈통 효과를 차별 없이 내 것으로 받아들인다.
보유 중인 혈통 스킬 간에 '조화(S)', '정제(S)', '자격(S)'이 부여된다.

뉴블러드의 정보를 확인한 수호의 눈이 커졌다.
이건 정말 처음 보는 특성이었기 때문이다.
게다가.
'이 정도면 S급 중에서도 최상위급 특성……!'
스킬과 달리 특성에는 등급이 붙지 않는다.
다만 특성에 내재된 스킬이나 효과에 따라 협회에서 임의로 등급을 매기는데 수호가 획득한 뉴블러드처럼 S급 효과…… 심지어 1개도 아닌 무려 3개나 부여된 건 정말 흔치 않은 특성이었다.
수호는 차례대로 뉴블러드가 가진 효과들의 정보를 확인했다.

[조화]
- 등급 : S
혈통 스킬 간의 충돌을 일으키지 않고 양측의 효과를 그대로 보존한다.

[정제]
- 등급 : S
혈통 스킬이 보유한 역효과를 제거한다.

[자격]
- 등급 : S
혈통 스킬이 가진 원래의 자격을 부여한다.

설명을 본 수호는 자기도 모르게 웃었다.

'이런 옵션을 가졌으니 뱀파이어 블러드의 봉인이 풀릴 수밖에 없지……!'

수호는 이어서 봉인되었던 뱀파이어 블러드의 정보를 확인했다.

[뱀파이어 블러드]
- 등급 : S+
밤의 귀족들이라 불린 오리지널 뱀파이어, '로열 뱀피르'들의 순수한 핏줄.
Lv.1 - 로열 블러드 : 오리지널 뱀피르(S)

Lv.2 – [???] : 잠금 상태.

ㄴ 해금 조건

① 100레벨 달성.

② 알 수 없음.

Lv.3……

정보를 확인한 수호의 눈이 커졌다.

그도 그럴 게 자신이 아는 뱀파이어 블러드와는 정보가 좀 달랐기 때문이다.

'로열 뱀피르라고?'

혈대제가 손에 넣었던 뱀파이어 블러드의 특성은 A+급이었다.

그러나 수호가 얻은 뱀파이어 블러드의 등급은 S+.

심지어 혈대제의 것에는 '로열', 혹은 '오리지널'이란 말이 붙어 있지 않았는데 수호의 것에만 붙어 있는 걸 보니 아무래도 뉴블러드 특성의 효과 덕분인 듯했다.

수호는 용혈처럼 단계적 해방이 가능한 뱀파이어 블러드의 특수 옵션들 중 1단계 로열 블러드의 효과, '오리지널 뱀피르'의 정보를 확인했다.

[오리지널 뱀피르]

- 등급 : S

최초의 뱀파이어들을 오리지널이라 부른다.

그들은 수많은 뱀파이어들 중에서도 가장 고귀하고 순수한 존재들이며 감히 왕족이라 칭할 만한 핏줄이다.

오리지널 뱀파이어들이 가진 힘을 물려받습니다.

모든 뱀피르 스킬의 등급이 S급으로 격상됩니다.

어둠의 제한 효과를 받지 않습니다.

마늘과 은, 십자가와 햇빛의 영향을 받지 않습니다.

숱하게 쏟아지는 정보들.

그것을 본 수호는 생각보다 많은 옵션량에 깜짝 놀랐다.

'이게 이 정도라고?'

놀랄 만했다.

그도 그럴 게 혈대제가 가진 건 A급짜리 단순한 뱀파이어 블러드로, 그것은 오리지널도 무엇도 아닌 단순한 뱀파이어 블러드였으니까.

하지만 수호의 것은 오리지널이자 최초의 뱀파이어 블러드로 당연히 옵션이 많을 수밖에 없었다.

'이런 종족 특성을 가진 플레이어는 여태껏 한 번도 못 봤는데…… 이 정도면 가히 용혈급이라고 할 수 있겠는데?'

헛웃음이 났다.

회귀를 했기에 기존의 S급 스킬만 독식하면 될 줄 알았더니 이런 식으로 일이 풀릴 줄은 전혀 생각지도 못했기 때문이다.

'어쩌면 시간이 지날수록 기존의 계획대로 일 처리를 못할 확률이 크겠어.'

허나 상관없다.

이번의 경우에도 계획에 어긋난 것들이긴 하지만 계획했던 것보다 훨씬 더 좋은 결과를 손에 넣었으니까.

수호는 기존의 뱀피르 스킬들이 S급으로 격상된 걸 확인한 뒤 마지막으로 상태창을 확인했다.

[안수호]

- Lv : 51
- 클래스 : 치유사
- 특성 : 뉴블러드
- 근력(R) : 13
- 체력(R) : 13
- 마력(R) : 13
- 감각 : 78
- 보너스 스탯 : 17

상태창에 추가된 새로운 항목인 특성.

그 옆에는 보란 듯이 뉴블러드의 이름이 새겨져 있었다.

수호는 획득한 보너스 스탯을 전부 감각에 투자한 뒤 창을 닫았다.

'그럼 이제 나가 보실까?'

저주받은 왕자도 잡았고 목표로 하던 특성도 획득했다.

그러니 더 이상 여기에 남아 있을 이유가 없다.

수호가 게이트 밖으로 발걸음을 옮긴다.

"그래서 그냥 그렇게 보냈다고?"

"……예, 그렇습니다."

대한헌터협회 건물.

정철민은 부회장에게 꾸중을 듣고 있었다.

이유?

당연히 수호를 데리고 오지 못한 것에 대한 질책이었다.

정철민의 기어들어 가는 목소리에 부회장 박규만이 미간을 찌푸렸다.

"정 팀장."

"예."

"내가 어려운 걸 시킨 것도 아니고 그거 하나 똑바로 처리 못 하나?”

“……죄송합니다.”

“아니, 죄송하다고 끝날 문제는 아니지. 회장님은 이미 그 친구 만날 생각에 일정도 비우셨다고. 그러니까 어떻게든 그놈 데리고 와. 알겠지?”

“……예, 알겠습니다.”

“그래, 그럼 정 팀장만 믿겠네.”

목소리만 안 높았지 거의 땡깡이나 다름없다.

그래서일까?

부협회장실을 나오며 정철민은 큰 회의감을 느꼈다.

‘나도 그냥 때려치우고 민간 길드에나 들어갈까…….’

이럴 때마다 드는 회의감이 장난이 아니다.

그러나 이내 고개를 저었다.

내가 대헌협에 왜 들어왔는데?

자신은 공익을 위해 대헌협에 들어온 사람이었다.

그러니 다시 한번 참기로 하고 정신을 바로 잡았다.

그때, 누군가 자신에게 아는 체를 했다.

“이게 누구야, 정 팀장 아냐?”

반말로 자신에게 아는 체를 하는 사람.

고개를 들어 보니 부협회장 만큼이나 자신이 싫어하는 인물이었다.

특수부 부장, ‘피성열’이었다.

"아, 피 부장님이십니까."

"듣자 하니 안수호 그 친구 때문에 적잖게 속 썩이고 있다지?"

피성열.

그는 대헌협이 생긴 이래 가장 오랜 기간 동안 특수부 부장을 맡고 있는 인물로, 협회장이나 부협회장처럼 일반인이 아닌 '각성자 플레이어'였다.

그래서 얼핏 보면 이 바닥 생리를 모르는 협회장과 부협회장보단 나아 보일 수도 있으나……

'아는 놈이 더 무섭다고, 저놈은 너무 잘 알아서 문제지.'

그래서 피성열은 정철민이 다른 의미로 싫어하는 인물.

하지만 싫어하는 건 싫어하는 거고 사회생활은 사회생활인 법.

정철민이 어색하게 웃었다.

"하하. 네, 뭐……."

그나저나 특수부의 정보력이 빠른 걸까, 아님 이 건물에서 소문 퍼지는 속도가 빠른 걸까?

이야기 퍼진 지 얼마나 됐다고 벌써 아는 체라니.

정철민이 어색하게 웃자 피성열이 은근한 어조로 말했다.

"어떻게, 내가 좀 도와줘?"

"피 부장님이 말씀이십니까?"

"끽해야 사람 하나 데려오는 게 뭐가 그리 어렵다고 그래?

그냥 적당히 혐의 하나 씌워서 소환 조사 명목으로 데려오면 되잖아. 그러다 나중에 오해였다고 풀어 주면 될 일이고."

말을 잇던 피부장이 후배에게 꿀팁이라도 주는 것처럼 신난 어조로 말을 이었다.

"그러다 좀 더 디테일 하게 와꾸 짜고 싶으면 협회장님이 소환 조사 받고 있는 그 친구를 풀어 주는 식으로 상황 그리면 여러모로 예쁘게 판 짜이지 않겠어? 듣자 하니 그 친구도 대헌협 들어오고 싶어 한다며?"

역겹다.

어떻게 생각을 해도 저런 생각을 할 수 있을까?

그 말에 정철민이 애써 웃으며 난색을 표했다.

"하하, 농담도 재밌으십니다. 괜찮습니다. 괜히 잘나가는 친구 그런 식으로 건드렸다가 큰일이라도 나면……."

"큰일?"

그 순간, 피성열의 표정이 살짝 굳더니 이내 한쪽 입꼬리를 끌어 올리며 말했다.

"정 팀장은 볼 때마다 느끼는 거지만 사람이 참 좋아. 나랏일 하는 사람이 끽해야 헌터 나부랭이한테 겁먹을 이유가 뭐가 있겠어?"

"하하……."

"농담하는 거 아냐. 플레이어들에 대한 수사권과 기소권은 우리한테 있는 거 알지? 괜히 옛날 사람들이 검찰 무서워 하던 게 아니에요. 그러니 정 팀장도 사고를 좀 유연하게 확장시켜 봐. 다른 사람도 아니고 대헌협 팀장씩이나 된 사람이 왜 그래?"

"아, 넵. 명심하겠습니다."

"그래, 너무 매뉴얼대로 하는 것보단 나처럼 유연하게 사고를 굴려 보라고. 아무튼 도움 필요하면 말해, 정 팀장 부탁이면 언제든지 들어줄 테니까. 그럼 수고."

피성열이 정철민의 어깨를 두어 번 토닥여 준 뒤 부협회장실로 들어간다.

정철민은 문 닫힌 부협회장실 문을 얼마간 바라보더니 피성열이 만진 어깨를 털어낸 후 자리를 옮겼다.

날이 밝았다.

수호는 원래 살던 자취방에 들러 개인 짐을 챙겨 카이저 청담으로 향했다.

자취방에 들어가는 건 별로 어렵지 않았다.

최초의 무무무가 있었으니까.

조진휘는 일이 많았는지 아침이 되어서야 다시 볼 수 있었다.

"좋은 아침입니다, 수호 씨."

"일어나셨어요?"

"예, 마음 같아선 더 자고 싶은데 회사에 일이 많네요."

"기자분들 바쁘신 거야. 잘 알죠. 근데 저만 전담해도 기삿거리는 안 부족하실 텐데, 그래도 일이 많으신가 봐요?"

그 말에 조진휘가 피식 웃으며 말했다.

"수호 씨가 파트너 제의 주시기 전부터 제가 핸들링 하던 건들이 몇 개가 있어서요. 그리고 제가 아무리 수호 씨 파트너 기자라지만 마냥 수호 씨 이슈만 받아먹고 살 순 없지 않습니까."

그 말에 이번엔 수호가 웃었다.

그래. 조진휘는 이런 사람이었지.

항상 좋은 환경을 타고남에도 불구하고 현실에 안주하지 않고 늘 자기 일을 찾아 책임감 있게 수행하는 사람.

3루에서 태어났지만 그게 자신의 실력이라고 착각하지 않는 사람.

수호가 고개를 끄덕이며 말했다.

"그죠. 제가 그래서 기자님을 좋아합니다."

"어후, 갑자기 고백은⋯⋯ 그나저나 오늘은 일정이 어떻게 되세요? 전 금방 나가 봐야 하는데."

"오늘이 그날입니다. 전에 말씀드렸던."

"그날이라면⋯⋯ 아, 넥서스 가세요?"

"예, 참고로 어젯밤에 50레벨 찍고 특성도 얻었습니다."

"푸부붑! 네?!"

그 말에 생각 없이 물을 마시던 조진휘의 입에서 물이 뿜어졌다.

조진휘가 급하게 물을 훔치며 말했다.

"아니, 도전의 탑 나오신 지 얼마나 됐다고 벌써 50레벨이에요? 도전의 탑 나오실 때만 해도 40레벨 아니었어요?"

"정확히는 이제 51레벨입니다. 아무튼 그렇게 됐습니다."

"미친…… 그럼 오늘 정말로 넥서스에 들어가시는 겁니까?"

"그래야죠. 전에 말씀드렸던 계획대로 일을 진행하려면."

"대박이네……."

말 그대로였다.

수호는 조진휘에게 말했던 대로 오늘 넥서스 관계자들을 만나 넥서스 길드에 가입할 생각이었다.

대헌협에 들어가겠다는 목표를 포기한 게 아니었다.

이 모든 건 대헌협에 들어가기 위한 준비 과정의 일부분일 뿐.

조진휘가 말했다.

"그럼 오늘 깔끔하게 차려 입고 가셔야겠다. 그러지 말고 이리 좀 와 보세요. 제가 옷이랑 시계 같은 것 좀 빌려드릴게요."

"에이, 됐어요. 제가 능력이 부족한 사람도 아니고 차림 새로 후려칠 곳이었으면 진작에 안 갔겠죠."

"하하, 그것도 맞는 말이네요. 혹시 차는 안 필요하세요? 보는 눈도 많은데 대중교통이나 택시보단 차가 낫지 않겠어요?"

"아, 그건 그렇네요. 그럼 좀 부탁드리겠습니다."

그렇게 두 사람은 함께 출근 준비를 할 수 있었다.

서울에 위치한 넥서스 길드 본사.

그곳엔 아침 댓바람부터 난리가 났다.

전혀 생각지도 못한 VVIP 손님의 방문 때문이었다.

그 탓에 넥서스 길드장은 물론 부길드장과 김수애 원장 등등…… 길드에서 중요한 간부들은 죄 소집되었다.

그렇게 그들이 정문에서 대기하고 있을 무렵.

부릉!

저 멀리서부터 들려오는 슈퍼카의 엔진소리.

그와 함께 멀리서 봐도 눈에 띄는 빨간색 페라리가 길드 정문 앞에 섰다.

조진휘의 수많은 애마 컬렉션들 중 하나인 적토마였다.

"……이런 거밖에 없나요?"

"하핫, 네. 죄송합니다."

"어쩔 수 없죠…… 그래도 감사히 빌려 타겠습니다."

그런 이유로 타게 된 것이었다.

이윽고 차가 멈춰 선 직후 차에서 수호가 내렸고 그 모습을 본 넥서스 임원들이 얼른 수호를 반겼다.

"아이고, 오셨습니까. 안수호 헌터님."

"아침부터 발걸음을 다 주시고, 허허, 영광입니다."

VVIP 손님의 정체.

다름 아닌 수호였다.

수호는 조진휘에게 말했던 대로 오늘 넥서스 길드에 가입하기 위해 이곳을 찾았다.

그들의 격한 환영에 수호도 화답했다.

"예, 만나서 반갑습니다. 배동혁 대표님. 근데 주차는 어떻게 하면 될까요?"

"여기 누가 대신 주차 좀 도와드려라. 헌터님은 발렛 맡기시고 바로 저희랑 가시죠."

"그럴까요? 그럼 부탁 좀 드리겠습니다."

차키를 맡긴 후 함께 이동하기 시작하는 그들.

미팅은 놀랍게도 넥서스 건물 최상층에 위치한 대표실 바로 옆 최고회의실에서 진행되었다.

수호가 창문을 통해 보이는 탁 트인 바깥 풍경을 보며 말했다.

"회사 전망이 참 좋네요."

“하하, 그럼요. 저희가 괜히 이 건물에 들어온 게 아닙니다. 그보다…….”

힐끔.

미팅을 시작하기에 앞서, 다들 서로 눈치를 한 번씩 주고받는다. 김수애를 통해 전달받은 그 사실이 맞는지 확인하기 위함이었다.

그렇기에 김수애가 대표격으로 질문했다.

“저…… 수호 씨, 근데 오늘 전화로 말씀 주신 거. 정말 사실인가요?”

“제가 넥서스에 가입하겠다는 거요?”

“네.”

“예, 사실입니다.”

“……!”

그 말에 배동혁 길드장을 비롯한 윤두원 부길드장, 김수애 아카데미 원장, 김이강 사무장까지 모두 다 소리 없이 입술을 깨물고 주먹을 꽉 쥐며 환호했다.

그도 그럴 게 현재 수호는 국내에서 가장 핫한…… 아니, 최고의 라이징 스타로 급부상 중인 인물이었으니까.

그래서일까?

김수애가 가장 크게 안도했다.

‘며칠만에 말도 안 되게 성장해 버리는 바람에 사실 기대도 못 하고 있었는데……!’

말 그대로였다.

수호의 이력은 화려하다 못해 아주 역사적이었다.

아직 헌터가 되기도 전에 신도림역 미전조 게이트를 단독 공략해 버린데다.

어렵기로 소문난 이번 헌터 시험의 수석.

그와 더불어 공략이란 것 자체를 생각지도 못 했던 도전의 탑을 단독 공략해 버렸으니까.

심지어 도전의 탑 공략 중에는 PBS발로 갑자기 공무원 헌터가 되겠다는 기사까지 났으니 사실상 거의 포기한 상태였다.

그러다 뜬금없이 오늘 아침에 연락이 온 것이다.

조건만 맞는다면 넥서스 길드에 가입하겠다고 말이다.

'그래. 공무원 헌터가 웬말이야. 이 정도 능력이면 우리나라뿐만이 아니라 다른 나라에서도 데리고 오고 싶어 안달일 텐데.'

그래서일까?

수호에게 연락이 왔을 때 김수애는 공무원 헌터가 되겠다던 기사는 역시 언플용이라고 생각했다. 이따금씩 더러 그런 식으로 자신의 몸값을 올리는 사람도 존재했으니까.

이어서 수호가 말했다.

"근데 미리 전화로 말씀드렸던 것처럼 조건이 맞아야 가입을 할 생각입니다."

그 말에 배동혁 길드장이 얼른 대답했다.

"말씀만 하시지요. 그 어떤 곳도 저희 넥서스보다 헌터님의 조건을 맞춰 드릴 수 있는 곳은 없을 겁니다."

"대표님께서 그리 말씀해 주시니 마음이 한결 놓이네요. 그럼 부담없이 말씀드리겠습니다. 근데 말씀드리기에 앞서 우선 여기 계신 분들은 저와 관련된 PBS 기사를 보셨을 거라고 생각합니다."

"PBS쪽 기사라면…… 헌터님 꿈이 공무원 헌터라고 한 인터뷰 말씀이신가요?"

"네, 그렇습니다."

"네, 보기야 했습니다만……."

배동혁 대표가 말을 아낀다.

무슨 말을 하려고 저런 밑밥을 까는 건지 몰랐으니까.

아마 오랜 사회생활로 다져진 그의 경험으로 미루어 봤을 땐……

'난 원래 공무원을 하려고 했으나 민간 길드에 가입할 생각이니 그만큼 돈을 더 줘야 할 것이다…… 같은 말을 하려는 건가?'

이 정도 말을 예측해 볼 수 있었다.

그러나 뒤에 이어진 수호의 말에 배동혁은 물론 자리에 앉은 모두가 깜짝 놀랄 수밖에 없었다.

"제가 비록 오늘 이 자리는 넥서스 길드에 가입하기 위해 참석했지만 그럼에도 제 목표에는 여전히 변함이 없습니다. 전 대헌협에 들어가 공무원 헌터가 될 생각입니다."

"예?"

"그게 무슨……?"

미친놈인가?

그럼 여긴 왜 왔는데?

허나 그런 말을 입 밖으로 뱉을 순 없기에 잠시 침묵이 이어졌고 서로가 눈치를 굴리던 그때, 모두를 대신해 배동혁 대표가 입을 열었다.

"그럼 그런 목적이 있으신데도 굳이 민간 길드에 가입하시려는 이유를 여쭤봐도 될까요?"

"솔직하게 말씀드리면 대헌협에 보다 수월하게 들어가기 위해서입니다."

"예?"

"전 올해 말에 치러질 5급 시험에 응시할 생각이거든요."

5급.

시험을 봐서 들어갈 수 있는 가장 높은 급수.

대헌협 기준으로는 최소 팀장부터 시작하는 급수였다.

그럼 설마……

배동혁이 눈을 좁히며 물었다.

"설마 대형 길드 복무 가산점 때문이라는 말씀이십니까?"

그 말에 수호가 옅게 웃었다.

하긴.

민간 길드에서의 활동 경력이 있으면 가산점을 주긴 했지.

근데 5급 기준에선 최소 5년 이상 근무해야 발생하는 가산점이었다.

그게 수호한테 무슨 의미가 있을까?

수호가 웃으며 말했다.

"아뇨, 그건 아니고 보다 복합적인 이유입니다만…… 우선 첫 번째 이유로는 혹시 남의 떡이 더 커 보인다는 말을 아십니까?"

"예, 그런데요?"

"쉽게 말해 남의 떡이 더 커 보인다는 심리를 이용할 생각입니다. 전 앞으로도 계속해서 승승장구하며 화제의 인물이 될 겁니다. 어쩌면 그런 화제성과 실력만으로도 쉽게 5급 공채에 붙을지도 모르죠. 하지만 제가 인터뷰에서 그랬던 것처럼 대헌협에만 계속 관심을 보이면 대헌협은 절 이미 잡은 물고기 취급할 것 같거든요."

그 말에 모두들 옅게 감탄했다.

일리가 있다.

다른 곳도 아니고 대헌협이라면 충분히 그러고도 남을 곳이었으니까.

"특히 5급 공채는 최종면접이 가장 중요한 걸로 알고 있고 거기엔 협회장의 입김이 상당히 세게 작용하는 것으로 알고 있습니다. 그리고 그분은 5선 국회의원 출신으로 연임이나 다른 공직 자리에 관심이 많은 분이시죠."

더 이상 설명을 잇지 않아도 모두 고개를 끄덕였다.

만약 넥서스에 소속된 수호를 성공적으로 대헌협에 데려온다면 대헌협의 모든 사람들 중 협회장이 가장 큰 수혜를 받게 될 테니까.

수호가 말을 이었다.

"그러니 전 지금 대표님께 거래를 제안드리는 겁니다. 전 보다 수월하게 대헌협에 들어갈 수 있게 넥서스를 이용하고, 넥서스는 남은 반년 동안 저라는 인적자원을 최대한 활용하시라는."

설명은 이 정도면 충분했다.

수호는 원하는 바를 말했고 배동혁도 충분히 납득했다.

그러니 이젠 디테일한 것들만 조율하면 될 일.

허나 그런 것들을 이야기 하기 전에 배동혁 대표는 수호에게 궁금한 점이 하나 있었다.

"헌터님의 뜻은 잘 알겠습니다. 근데 본격적인 이야기를 나누기에 앞서 뭐 하나만 물어봐도 되겠습니까?"

"예, 얼마든지 물어보셔도 됩니다."

"그런 이유시면 헥사곤도 있고 프라임도 있을 텐데 왜 하필이면 저희 넥서스입니까?"

꽤나 의표를 찌르는 물음이라고 생각했다.

겨우 그런 이유라면 업계 1위라 불리우는 헥사곤이나 대헌협의 개라고 불리는 프라임도 있었으니까.

하지만 수호의 입에서 나온 대답은 전혀 의외의 것이었다.

“대표님이 넥서스를 만들 때 하셨던 연설문을 읽어 보았습니다.”

“연설문이요?”

“예, 다른 곳은 몰라도 적어도 넥서스 만큼은 한국에서 가장 게이트 종식에 이바지하는 길드가 되고 싶다는 말씀을 말입니다.”

배동혁의 연설문.

남들이 보기엔 그저 흔한 연설문처럼 보일지도 모르나 그는 진심으로 적어낸 것이었다.

왜?

간단했다.

넥서스의 대표, 배동혁 대표 또한 게이트 쇼크로 인해 사랑하는 가족들을 잃은 경험이 있었으니까.

‘실제로도 넥서스가 게이트 관련 피해에 대한 구호 활동을 제일 많이 했었지.’

덧붙여 전생에서도 가장 헌신적인 모습을 보인 길드가 바로 넥서스이기도 했고.

수호의 말에 배동혁은 뒤통수를 한대 얻어맞은 듯한 표정을 지었다.

"……헌터님께서 인터뷰에 하신 말씀이 사실이었군요. 게이트 종식이 헌터님의 최종 목적이라는."

"예, 전 인터뷰에서 거짓말한 게 없습니다. 도전의 탑도 그런 의미에서 공략을 시도했던 것이구요."

수호의 대답에 그가 피식 웃었다.

"그리 말씀하시니 제가 할 말이 없네요. 근데 그런 이유시라면 굳이 대헌협에 들어가실 필요가 있으십니까? 민간 길드에서 활동하셔도 충분히 게이트 공략을 하며 게이트 종식에 이바지하실 수도 있잖아요?"

"뭐, 어떻게 보면 그렇게 생각하실 수도 있겠네요. 하지만 정말로 게이트 종식에 대한 노력을 하고자 한다면 남들은 절대로 도전하지 않을 곳에 도전해야 한다고 생각합니다. 예를 들면 너무 위험해서 정부에서 따로 관리하고 있는 특별 게이트들…… 예컨대 봉인 게이트 같은 곳들 말이죠."

"예?"

"봉인 게이트를요?"

"지, 진심이세요?"

봉인 게이트.

다수의 공략 시도가 있었으나 사상자가 너무 많이 발생하여 정부에서 따로 봉인 후 특별 관리를 하고 있는 게이트들.

이것들은 소위 말해서 재앙이었다.

물론 진짜 재앙이라 불리는 5대 재앙 게이트는 따로 있긴 했지만 봉인 게이트들도 그만큼 위험하다는 뜻.

그래서 별명도 '소재앙', 혹은 '소재앙급 게이트'였다.

하지만 역설적으로 말하자면 봉인 게이트를 해결하는 것만큼 인류의 평화에 이바지할 수 있는 것도 없었다.

'그리고 내 능력을 증명하기에 가장 쉬운 곳이 봉인 게이트이기도 하고.'

자신은 있었다.

실제로 국내의 소재앙급 게이트는 후반부에 거의 다 공략되었고 수호의 기억 속엔 그곳들의 공략법이나 그곳에만 숨겨져 있는 히든 피스에 대한 정보들이 모두 들어 있었으니까.

그러니 이번 기회에 봉인 게이트를 십분 활용해 볼 생각이었다.

수호가 말했다.

"그런 의미에서 반년 동안 공략되는 봉인 게이트의 뒤에는 모두 넥서스의 이름표가 붙게 될 겁니다. 대헌협 공채에 지원하기 전까진 전 넥서스의 길드원으로서 최선을 다할 생각이니까요. 그리고 그렇게 되면 아마 반년 뒤엔……."

수호가 마른침을 삼키는 사람들의 얼굴을 한번 둘러본 후 웃으며 말했다.

"아마 업계의 판도가 크게 뒤바뀌지 않을까 싶습니다. 3위의 넥서스가 아닌 부동의 1위인 넥서스로 말입니다."

Chapter 2

그 말을 들은 김이강 사무장은 자기도 모르게 반사적으로 입을 열었다.

그래.

하고 싶은 말이 있겠지.

그래서 먼저 말했다.

"예, 물론 그건 제가 여기 있는 동안에 한해서겠죠. 하지만 한 명의 활약으로만 운영되는 길드는 결국 성장할 수 없습니다. 제가 여기 있는 동안 넥서스가 최대한 클 수 있도록 돕겠습니다. 길드원 모집이나 육성법의 개선안 같은 것들요. 참고로 이번 헌터 시험에서 3등한 친구 있죠? 여기 아카데미 소속인데, 강대한 씨라고."

그 말에 김수애가 바로 대답했다.

"예, 이번에 차차석을 한 강대한 씨라고 있습니다."

"그 친구 갑자기 무기 바꾸지 않았던가요? 그거 제가 알려준 겁니다. 저번에 장학생 계약서 쓰러 왔다가 우연히 발견해서 교정해 줬거든요."

"아? 설마 그때 학원 관계자가 수호 씨였어요?!"

김수애는 정말 놀랐다.

그도 그럴 게 이번 시험에서 강대한은 전혀 생각지도 못한 수확이었으니까.

근데 그 수확에 수호라는 비밀이 숨겨져 있었다니.

게다가 그렇잖아도 강대한이 말한 '의문의 관계자'가 누군지도 찾고 있었다.

그가 누군진 모르겠으나 덕분에 차차석까지 배출했으니 보너스라도 줘야겠다는 생각에.

근데 그게 수호였을 줄이야.

수호가 대답했다.

"예, 그땐 제가 직원도 뭣도 아니라 그냥 관계자라고 둘러대긴 했는데 지금쯤이면 제 얼굴도 꽤나 팔렸을 테니 바로 알아보실 겁니다. 이 정도면 제 교육 능력도 어느 정도 검증된 것 같은데, 아닙니까?"

"물론이죠. 원래 강대한 학생은 저희가 가진 데이터 통계로 보면 올해도 합격이 거의 불가능할 것으로 보고 있었거든요. 근데 수호 씨 덕분에 차차석이라는 쾌거를 이뤘으니…… 정말 대단하시네요."

수호가 웃으며 고개를 한번 끄덕인 후 다시 배동혁에게로 시선을 옮겼다.

"어떠십니까? 이 정도면 서로 윈윈하는 전략이 아닐까요? 대표님은 어떻게 생각하세요?"

그 말에 모두의 시선이 배동혁에게로 몰렸다.

배동혁은 거침없는 수호의 제안에 놀란 듯하였으나 이내 대형 길드의 수장답게 팔짱을 끼며 냉철하게 말했다.

"말씀하신 대로라면 너무나도 좋은 조건들입니다. 이런 제안을 거절하면 멍청하다는 소리를 들을 정도로요. 하지만 이야기를 듣는 동안 궁금한 점이 하나 있는데 그것만 해결해 주시면 헌터님 말씀대로 계약하겠습니다."

"어떤 점이 궁금하실까요?"

"아까 봉인 게이트를 통해 여러 가지 증명을 하시겠다고 하셨는데 아시다시피 봉인 게이트의 경우, 정부에서 특별 관리 대상으로 지정되어 있기 때문에 개인 입찰은 물론이고 저희 같은 대형 길드들도 입찰이 쉽지가 않습니다. 정부는 입찰을 통해 돈을 버는 것보다 국민들의 안전을 더 중요시하기 때문이죠. 근데 헌터님께선 어떻게 봉인 게이트의 입장권을 얻으실 생각이십니까?"

난 또 뭐라고.

그의 물음에 수호가 대수롭잖다는 듯 대답했다.

"그 문제는 제가 따로 해결하겠습니다. 그런 의미에서

제가 먼저 봉인 게이트의 입장권을 가지고 오면 봉인 게이트의 공략 이후에 저의 길드 가입과 봉인 게이트의 도전, 그리고 봉인 게이트의 클리어까지 순차적으로 기사를 푸시죠."

"허허…… 헌터님은 계획이 다 있으시군요?"

"그럼요. 그런 의미에서 '진짜 계약'도 일단 미루겠습니다. 일단 저의 말을 증명하는 의미로 봉인 게이트를 하나 공략하고 오겠습니다. 그래야 제 말이 허풍인지 아닌지 믿으실 테니까요."

수호의 제안에 배동혁은 다시 한번 혀를 내두르며 말했다.

"헌터님은 정말이지 저희가 조금도 거절할 수 없는 조건만 내거시는군요."

"글쎄요. 전 이게 정상이 아닐까 싶습니다. 제가 아무리 현재 국내에서 가장 핫한 루키이고 도전의 탑까지 공략했다곤 하나 그래 봤자 아직 100레벨도 달성하지 못한 비랭커인데다가 아무리 높게 쳐줘도 아직은 '루키'잖아요? 그러니 하루라도 빨리 제대로 된 증명을 통해 루키 딱지를 떼고 씬의 레인 메이커가 돼야 하지 않나 싶습니다."

수호의 완벽한 대답에 배동혁은 더 이상 말을 잇지 못했다.

아니, 배동혁은 물론이고 다른 사람들까지 모두가 감탄을 금치 못했다.

“그럼 자세한 안건 진행은 제가 봉인 게이트의 입장권을 얻어 온 이후에 마저 나누도록 하시죠.”

“알겠습니다.”

수호가 자리에서 일어나자 다른 사람들도 얼른 자리에서 일어나 수호를 건물 입구까지 배웅해 주었다.

이윽고 수호가 차를 타고 넥서스를 떠나자 멀어져 가는 빨간 페라리를 보며 배동혁이 말했다.

“사무장님.”

“예, 대표님.”

“지금부터 안수호 헌터한테 필요한 관련 서류 모두 꾸리고 바로 안수호 특별팀 하나 만드세요. 안수호 헌터만 전담으로 케어하는 특별팀을요.”

“벌써요? 입장권을 가지고…… 아니 봉인 게이트를 클리어하고 나서부터 준비해도 괜찮지 않을까요?”

“시기야 상관없겠죠. 하지만 미리 준비해 둠으로써 안수호 헌터한테 성의를 보이고 싶습니다. 제 생각에 안수호 헌터는 자신이 한 말을 무조건 다 지킬 것 같거든요.”

“감이십니까?”

“눈빛을 보세요. 그 눈빛은 이미 정답지를 본 사람의 눈빛이었습니다. 조금의 망설임도 없는 그런.”

“하긴…….”

배동혁의 말에 모두가 공감을 표했다.

✻

대헌협 건물.

정철민은 자리에 앉아 골머리를 싸매고 있었다.

그도 그럴 게 좀 전에 왜 아직도 소식이 없냐며 부협회장한테 전화로 닦달을 받았기 때문이다.

'하…… 그러니까 무슨 명분으로 수호 씨를 여기로 데리고 오냐고.'

도전의 탑이 아무리 신인 헌터 육성을 위한 공영 게이트로 운영되고 있다고는 하나, 어쨌든 따지고 보면 인류의 적인 게이트를 처리해 준 거니 칭찬해야 마땅했다.

'그럼 표창장이라도 준다고 할까?'

아니.

백퍼센트 윗선에서 까일 게 뻔했다.

뭐, 사진 한 방 찍는 와꾸 짜는데 표창장씩이나 주냐면서.

물론 정철민은 저 핑계의 진짜 진실을 안다.

표창장 주면서 찍는 공적인 사진과 손에 들린 것 없이 찍은…… 그러니까 '친하게 보이는' 사진은 사람들이 받아들이는 시각 효과 자체가 다르기 때문.

'골 때리네, 진짜.'

그때였다.

위이잉.

낯선 번호.

누구지?

정철민이 얼른 전화를 받았다.

"예, 게이트 관리과 1팀장 정철민입니다."

- 팀장님, 안녕하세요? 접니다, 안수호.

"수, 수호 씨?!"

낯선 번호의 주인은 다름 아닌 수호였다.

갑작스런 수호의 전화에 정철민은 용수철 튕기듯 자리에서 벌떡 일어났다.

그러다 부하 직원들의 시선을 받고 얼른 사무실을 나와 조용한 곳으로 이동했다.

"수호 씨, 이 번호는 뭐예요? 새로 파셨어요?"

- 네, 기존의 번호로 연락이 너무 많이 와서 그냥 서브 번호 하나 팠어요. 앞으론 여기로 연락하시면 됩니다.

"아아, 그러시구나…… 그나저나 다시 연락해 줘서 너무 고마워요. 사실 전 도전의 탑 이후로 전 수호 씨랑 영영 연락 못 할 줄 알았거든요."

- 에이, 그럴 수가 있나요. 그래서 말인데, 혹시 지금 시간 괜찮으세요?

"지금요?"

- 네, 제가 아직 식전인데 대헌협 앞에 송래국밥 괜찮으세요? 저 시험도 쳤고 헌터도 됐는데 이젠 이렇게 사적으

로 만나도 되지 않을까요? 근데 팀장님 식사하셨으면 그냥 가볍게 차나 한잔……

"아, 아닙니다! 저 입맛 없어서 밥 안 먹고 있었어요! 송래국밥에서 뵙겠습니다. 거기 룸 있으니까 제 이름으로 예약해서 기다리고 있을게요."

- 네, 감사합니다.

통화가 종료됐다.

그리고 정철민은 멍한 표정으로 자신의 휴대폰을 쳐다보았다.

이게 대체 무슨 일인가 하는 표정이었다.

'그래, 일단 만나고 보자.'

그리 생각하며 정철민도 서둘러 수호를 만날 준비를 했다.

송래국밥.

대헌협 앞에 있는 국밥집으로, 정철민과 수호의 단골 가게였다.

가게 안에는 룸이 몇 개 있는데 그래서 단골집이 된 것이다.

정철민이 작은 룸을 잡고 먼저 기다리고 있자 이내 수호가 등장했다.

수호의 등장에 정철민이 일어나 반겼다.
“오셨어요?”
“네, 근처에 있어서 금방 왔습니다. 그나저나 여기도 진짜 오랜만이네요.”
“어? 여길 아세요?”
알다마다 문서 작업 때문에 야근을 하거나 날을 새면 으레 송래국밥에 와서 끼니를 때우곤 했으니까.
하지만 사실을 말할 순 없었기에 대강 대답했다.
“근처에서 알바할 때 자주 왔던 곳이라서요. 그나저나 우선 밥부터 시킬까요? 여긴 수육백반이 맛있는데. 전 수육백반으로 하겠습니다.”
“그럼 저도 같은 걸로 하겠습니다.”
“사장님, 여기 수육백반 두 개요!”
이내 주문이 들어갔고 수호가 먼저 물을 따라 주며 말했다.
“요즘 뭐 곤란한 일 없으세요? 예를 들면 협회에서 저를 데리고 오라든가, 하는.”
“푸웁! 네, 네?”
순간 물을 뿜은 정철민.
그리고 한없이 커진 눈동자로 수호를 바라본다.
“그, 그게 무슨…….”
“그날 도전의 탑 공략 직후에 왜 팀장님이 절 굳이 협회로 데리고 가려 하셨나 싶더라구요. 보통 아무리 하드 게이트를 공략해도 관련 자료를 요청하지 협회로 데리고 가려고 하진 않잖아요. 그래서 개인적으로 좀 알아봤는데 보통 이런 식의 소환은 협회장과 부협회장이 사진 찍으려고 부르는 경우가 많다고 하더라구요."

넘겨짚기 하듯 하는 말이 아니었다.

당장 협회장의 홍보자료만 찾아봐도 하드 게이트를 클리어한 스타플레이어들과 찍은 사진들이 많았으니까.

의표를 찔린 정철민이 말을 더듬었다.

"그, 그게……."

"전 괜찮습니다. 차라리 솔직하게 말씀해 주지 그러셨어요. 저한테 그건 그리 어려운 일도 아닌데 말이죠."

"……죄송합니다."

정철민의 얼굴이 화끈거렸다.

옷이 발가벗겨진 기분이 들었기 때문이다.

수호도 이런 식으로 말을 하고 싶진 않았지만 그래도 정철민의 체면보단 자신의 계획이 먼저였다.

수호가 말을 이었다.

"정말이셨나 보네요. 그래도 팀장님한테는 감사하게 생각하고 있습니다. 알아보니 이런 경우 이상한 혐의 같은 거 씌워서 데리고 가는 경우도 많다고 하던데 팀장님은 지극히 상식적이고 신사적이셨잖아요."

수호의 말에 정철민이 어색하게 웃었다.

"하하…… 예, 뭐. 그렇다고 저도 강압적으로 굴 순 없으니까요."

"그래서 이제라도 협회를 한번 방문해 볼까 합니다. 팀장님한테는 개인적으로 감사한 것도 있고, 저 또한 대헌협이 목표인 사람으로서 협회장님이나 부협회장님과 안면을 틀어 두면 여러모로 도움이 되지 않을까요?"

"아…… 그……건 그렇죠?"

"그럼 식사 하시고 바로 방문드릴까요? 아님 따로 스케줄을 잡을까요?"

"아, 식사하고 바로 됩니다! 잠시만요!"

그 말에 정철민이 얼른 자리에서 일어나 휴대폰을 챙겼다.

폼을 보니 어지간히도 압박받고 있었던 모양.

수호는 그런 정철민이 참 안타까웠다.

'조금만 기다려요, 형. 올해까지만 참으면 그 뒤엔 내가 다 해결해 줄 테니.'

얼마 뒤, 수호의 방문 사실을 알리고 온 정철민은 그제서야 밝은 표정으로 식사를 권할 수 있었다.

"식사하고 가면 될 것 같습니다. 마침 스케줄도 비신다네요. 여긴 제가 사겠습니다, 하하."

"그럴까요?"

두 사람은 간만에 맛있는 식사를 했다.

정철민은 문제가 해결돼서, 수호는 간만에 정철민과 송래국밥을 먹어서.

이윽고 식사가 끝나고 계산을 마친 정철민이 가게를 나서려던 순간이었다.

"저 수호 씨, 근데요."

"네?"

"괜찮으시겠어요? 전에 오셨을 때 보셔서 아시겠지만 저희 대헌협 건물 앞에는 가끔씩 기자들이 대기하고 있어요. 혹시라도 특종거리가 있나 하고."

사실이었다.

경찰서에 기자들이 드나들듯 대헌협 입구에는 항상 기자들이 서성였다.

혹시 모를 이슈를 잡기 위해서였다.

오늘도 있었다.

슥 살펴보니 기자 몇 명이 삼삼오오 모여 이야기 나누고 있는 광경이 보였다.

그 모습을 본 수호가 피식 웃으며 말했다.

"아, 그런 거라면 괜찮습니다. 제가 알아서 할게요. 정 그러시면 1층 출입구에서 다시 만날까요?"

"예? 정말 괜찮으시겠어요?"

"전 괜찮습니다. 그럼 먼저 가 볼 테니 1층에서 뵐게요?"

말을 마친 수호가 먼저 발걸음을 옮겨 앞서 나갔다.

정철민은 그런 수호가 걱정돼 그냥 같이 갈까 물어보려던 찰나, 순간 신기한 현상이 일어났다.

"……어?"

그것은 바로 수호가 갑자기 사라진 것.

뭐지?

분명 아까 전까지만 해도 근처에 있었는데?

참 희한한 일이었다.

하지만 놀랍게도 수호가 사라진 게 아니었다.

최초의 무무무에 각인된 무채색 고독의 효과로 인지 왜곡이 일어나 자기도 모르게 수호를 보지 못하게 된 것.

정철민의 어리둥절한 모습을 보자 수호가 만족스럽게 고개를 끄덕이며 대헌협 건물로 들어갔다.

당연히 입구의 기자들을 코앞에서 지나치며 말이다.

두 사람은 건물 안에서 다시 만났다.

정철민이 신기하다는 듯 수호에게 물었다.

"아니, 수호 씨. 앞에 기자들도 있었는데 어떻게 들어오신 거예요?"

"그냥 스킬 효과죠, 뭐. 그럼 이제 가실까요?"

"아…… 넵, 그러시죠."

스킬 효과라.

궁금했지만 정철민은 참았다.

그게 헌터에 대한 예의였으니까.

이윽고 두 사람은 대한협 건물 가장 꼭대기 층에 있는 협회장실로 향했다.

엘리베이터에서 내리며 정철민이 말했다.

"예상하고 계신 대로 협회장실에서 사진 한번 찍으시고 잠깐 담소 정도만 나눠 주시면 됩니다. 그리고 다시 한번 정말 감사드립니다."

"아닙니다, 그거 뭐 어려운 일이라고."

정철민의 말대로였다.

협회장실에 들어가자 수호와의 사진 촬영을 위한 모든 셋팅이 끝나 있었다.

수호를 발견한 협회장 장경환과 부협회장 박규만이 함박웃음을 지으며 수호를 맞이했다.

"아이구, 헌터님 오셨군요. 반갑습니다. 대헌협 회장 장경환이라고 합니다."

장경환.

서글서글한 인상에 듬직한 풍채.

그는 무려 5선 국회의원 출신이라는 화려한 이력을 가진 사람이었다.

그와 동시에……

'나중에 대대적인 물갈이가 되기 전까지 줄곧 협회장 자릴 해 처먹은 인물이기도 하고.'

그의 권력은 대통령이 2번은 바뀌고 나서야 끝이 났다.

물론 그마저도 해 먹을 만큼 다 해 먹어서 은퇴한 느낌으로 물러난 모양새.

하지만 이번에는 다를 것이다.

'넌 이번 대통령 임기가 끝나기도 전에 내가 반드시 몰아낸다.'

수호는 기억의 도서관을 통해 장경환과 얽힌 기억들을 떠올렸다.

그는 흔히 말하는 전형적인 탐관오리로, 개인적인 일에 협회 예산을 사용하는가 하면 채용 비리부터 시작해 헌터 협회로써 해야 될 일들은 전혀 하지 않고 거의 놀고먹기만 한 인물이었다.

덕분에 대헌협은 한창 성장해야 할 시기에 성장은 커녕 손가락질만 받았다.

가장 대표적인 예가 임금 문제였는데 현재 대헌협 소속 현장직 헌터들이 박봉을 받는 것에 가장 큰 일조를 했다.

그 옆에 붙어 있는 부협회장 박규만은 나팔수 같은 놈이었고.

'말리는 시누이가 더 밉다고 저놈이 더 큰 문제다.'

그도 그럴 게 협회장에게 잘 보이기 위해 항상 오버를

떨면서 하지 않아도 될 것들을 시키곤 했으니까.

이번에 정철민에게 수호를 데리고 오라고 한 것처럼 말이다.

그러나 수호는 조금도 내색 않고 웃으며 말했다.

"예, 안수호라고 합니다. 만나 뵙게 되서 영광입니다."

"허허, 영광은 제가 영광이지요. 그런 의미에서 혹시 사진 한 장만 부탁드려도 되겠습니까? 다름이 아니라 이번에 제작될 홍보전단에 쓰려고 하는데 헌터님 같은 대단한 분이 모델로 나서 주시면 협회 이미지 구축에 큰 도움이 될 것 같아서 말입니다."

"아, 그럼요. 물론이죠."

보통은 이야기하다가 팬이라고 하며 찍는 게 관례일진대 시작부터 사진 촬영을 요구한다.

그래.

너희가 그렇지, 뭐.

별로 놀랍지도 않다.

그렇게 이어진 사진 촬영.

협회장과 단둘이.

부협회장과 단둘이.

마지막으로 다 같이 한 장.

참 살뜰하게도 찍는다.

사진 촬영을 마친 비서가 먼저 퇴장하자 담소회는 그제

서야 시작됐다.

그때, 맞은편에 앉아 있던 부회장이 찻잔을 들며 말했다.

"그나저나 듣기로는 안수호 헌터님의 목표가 저희 대헌협에 들어오는 거라고 하시던데……."

그 말에 협회장이 눈을 빛내고 정철민이 긴장하기 시작한다.

협회장은 먹이를 보는 매의 눈빛이었고 정철민은 노인네들이 또 무슨 쓸데없는 소리를 할까 걱정하는 것.

그러나 정철민의 우려와는 달리 수호의 두 눈은 그 어느 때보다도 반짝였다.

"하하, 넵. 헌터 시험 인터뷰 때도 말했지만 전 대헌협에 입사하는 게 제 꿈입니다."

그 말에 협회장과 부회장의 얼굴에 화색이 돌았다.

"오오, 그 이유를 여쭤볼 수 있을까요?"

"대단한 건 아닙니다만…… 기사 인터뷰를 보시면 아시겠지만 실은 제가 게이트 고아입니다. 그래서 하루라도 빨리 게이트를 종식시켜 인류의 안전에 이바지해야겠다고 전부터 생각하고 있었는데……."

천편일률적인 이야기.

정철민에게도 했던 이야기고 조진휘에게도 했던 이야기다.

그렇기에 어쩌면 진부할 수도 있지만 수호의 사연은 소

위, '윗대가리'들이 가장 좋아하는 서사였다.

역경과 고난을 딛고 진흙 속에서 피어난 진주 같은, 개천에서 용 나는 이야기.

물론 저들의 입맛에 맞추기 위해 전략적으로 짜낸 이야기는 아니었다.

모두 다 사실이긴 했다.

실제로도 수호는 게이트 고아였고 종식을 기원하는 마음에 대헌협에 입사했던 것도 맞았으니까.

수호의 말이 끝나자 협회장이 안타깝다는 표정을 지었다.

"저런…… 그런 사연이 있었군요. 그래도 이렇게 강하고 바르게 자라 주었으니 하늘에 계신 부모님도 참 기뻐하실 겁니다."

"하하, 그러길 바라야죠."

"그런 의미에서…… 그럼 헌터님은 저희 대헌협에 들어오면 어떤 부서에서 일을 하고 싶습니까?"

그 물음에 수호가 얼른 대답했다.

"일전에 정 팀장한테도 말했지만 직접 게이트 공략도 시도할 수 있는 게이트부에서 일하고 싶습니다."

"허허, 하필이면 또 가장 험한 곳을 지망하신다니…… 어쩜 이리 이타심이 강하신지."

"하지만 안수호 헌터처럼 실력 있는 사람이 가야 하는 곳이 게이트부이기도 하지요. 근데 안수호 헌터 정도면 다른 길드에서 러브콜도 쇄도할 텐데 그쪽으로는 정말 생각이 없으십니까?"

"아, 다른 길드요."

다른 길드라는 말에 정철민의 안색이 하얗게 질린다.

긴장하는 것이다.

충분히 있을 수 있는 일이니까.

그 모습을 본 수호가 피식 웃으며 말했다.

"안 그래도 헥사곤부터 넥서스까지 전부 연락이 오긴 했습니다. 상상 이상의 보수도 약속을 받았구요. 근데 뭐랄까, 아직 크게 와닿는 곳은 없는 것 같습니다."

"호오, 안수호 헌터는 돈처럼 물질적인 것에 연연해하지 않는 사람인가 봅니다?"

"예, 전 돈은 그냥 배만 안 곯으면 된다는 주의여서…… 오히려 게이트 같은 곳을 조건으로 걸었다면 이야기가 좀 달랐을 것 같습니다."

"게이트요?"

"예, 전 게이트 종식이 최종 목적인 사람이라 하루라도 빨리 강해지고 싶거든요. 그래서 협회에 들어오려고 하는 것도 각종 게이트에 대한 우선 입장권이 목적인 이유도 있습니다."

"오호……."

"이야, 안수호 헌터는 역시 생각이 다른 사람이네요."

수호의 말에 두 사람이 감탄한다.

그러더니 기분이 좋아졌는지 협회장이 정철민에게 물었다.

"정 팀장, 의로운 분이 이렇게까지 말씀하시는데 뭐, 우리 측에선 따로 도와드릴 수 있는 방법이 없나?"

"협회에서 말씀이십니까?"

"그래요, 이렇게나 게이트를 원하시는데 우리가 관리하는 게이트들 중 한두 개 정돈 내어 드리지 그래요? 내가 알기로 우리 협회에서 보유 중인 게이트들이 꽤나 있는 걸로 아는데."

"아, 그렇긴 합니다만. 근데 그건 전부 다 봉인 게이트나 공략이 까다로운 하드 게이트들뿐이라……."

정철민이 당황한 듯 말꼬리를 늘린다.

그도 그럴 게 협회에서 관리하는 건 도전의 탑 같은 공영 게이트, 혹은 봉인 게이트 같은 하드 게이트뿐이었으니까.

허나 그 말에 순간 수호가 두 눈을 빛냈다.

"봉인 게이트나 하드 게이트면 오히려 더 좋습니다. 그런 게이트야말로 인류의 적이 아니겠습니까? 기회만 주시면 관리하기 까다로워 하시는 봉인 게이트, 제가 한번 도전해 보고 싶습니다."

"네, 네?"

수호의 갑작스런 깜짝 발언.

그 말에 정철민이 크게 당황하였으나.

"이야, 역시 안수호 헌터! 좋아요, 그까짓거 뭐 그리 어려운 일이라고. 그렇게 하도록 하세요."

협회장 장경환은 그 누구보다 시원하게 허락했다.

"회, 회장님!"

"왜 그런가, 정 팀장?"

"아, 아니. 그게……."

정철민은 당황스러웠다.

일이 갑자기 이렇게 된다고?

게다가 믿었던 수호 또한.

"감사합니다, 역시 회장님이십니다."

"허허, 이렇게 의로운 분이 골칫거리인 봉인 게이트를 해결해 주겠다고 하시는데 저희야 당연히 팍팍 밀어드려야죠. 그게 협회가 할 일 아니겠습니까?"

"기회만 주시면 열심히 하겠습니다."

마치 기다렸다는 듯이 덥썩 대답을 해 버린다.

'아, 미친…….'

그 모습에 정철민은 황당…… 아니, 황당하다 못해 이젠 화가 나기까지 했다.

안수호야 헌터가 된 지 얼마 안 돼서 세상물정 모를 수도 있다치지만서도 협회장과 부협회장이란 양반들이 이러면 안 됐으니까.

거기가 어떤 곳인데?

난이도가 너무 어려워 수많은 사상자들이 생겼고 그래서 정부가 직접 관리하는 게 바로 봉인 게이트다.

그래서 안전의 이유로 제대로 된 검증이 없으면 대형 길드라도 입장권을 안 내주는 곳이 봉인 게이트일진대 하물며 안수호 같은 개인에게 이리 쉽게 허락해 버리다니?

'이래서 비각성자 출신이 싫다는 거야……!'

한 번이라도 직접 게이트에 들어갔으면 저리 쉽게 결정할 수가 있을까?

게다가 무엇보다도 가장 못 마땅한 점은 따로 있었다.

'헌터들의 무덤이라고 불리는 곳이 봉인 게이트인데 왜 그런 곳에 우리 유망주를……!'

정철민은 수호를 잃고 싶지 않았다.

어쩌면 수호는 정말로 크게 성장할 헌터였을지도 모르니까.

그렇기에 정철민은 할 수만 있다면 수호를 차근차근 키워 인류 평화에 이바지하는 영웅으로 만들고 싶었다.

허나 분위기가 이렇게 좋은데 자신이 갑자기 정색하며 말릴 수도 없는 노릇.

내부 사정을 아는 정철민만 답답해 미칠 노릇이었다.

그리고 벌개진 정철민의 얼굴을 본 수호가 속으로 웃었다.

'형도 많이 답답하겠지. 봉인 게이트가 어떤 곳인데.'

당장 직전에 만난 넥서스 길드장만 해도 봉인 게이트의 입찰이 어렵다고 했다.

그런데 협회장은 애들 장난처럼 기분에 휩쓸려 허락해 주었으니 엄청 화가 나겠지.

허나 수호는 일부러 이런 분위기를 노린 것이다.

장경환 협회장은 자신의 이득이 걸린 문제가 아니라면 그리 관심이 깊지 않았으니까.

특히 그게 헌터들과 관련된 문제라면 더더욱이.

'예산 문제만 아니면 어떤 헌터가 어떤 식으로 몇 명이 뒈지든 신경 안 쓰는 게 협회장과 부협회장이지.'

하지만 지금 수호에겐 봉인 게이트가 필요했다.

그래야 능력을 증명할 수 있었으니까.

그래서 정철민이 무슨 말을 더 하기 전에 상황 굳히기에 들어갔다.

"나중에 봉인 게이트를 공략하고 나면 인터뷰에 반드시 협회장님께 감사드린다고 하겠습니다. 이게 다 협회장님이 허락해 주셔서 가능했던 일일 테니까요."

그 말에 협회장 장경환의 입이 함지박하게 벌어졌다.

모두가 주목하는 라이징 스타의 입에서 자신의 이름이 거론되는 것만큼 좋은 일도 없었으니까.

탄력받은 장경환이 내친김에 질문을 이어 나갔다.

"하하, 그래요, 그래요. 너무 보기 좋습니다. 아, 그럼 혹시 안수호 헌터는 이번 공채시험에 응시하십니까?"

"이번 공채라면 어떤……?"

"현장직 9급이나 7급 말입니다."

"아, 전 다른 공채를 기다리고 있습니다."

"다른 공채요?"

"네, 올해 말에 열리는 5급 공채를 기다리고 있습니다."

"5급…… 말입니까?"

그 말에 순간, 협회장과 부협회장의 눈이 접시처럼 커졌다.

공채에 응한다면 당연히 9급이나 7급일 줄 알았는데 전혀 생각지도 못한 5급이 거론되었기 때문이다.

놀란 협회장이 물었다.

"5급은 시험이 많이 어려울 텐데요?"

"알고 있습니다. 하지만 개인적인 생각으로는 9급이나 7급보다는 그래도 5급이 제가 게이트 종식을 위해 할 수 있는 일이 더 많을 것 같다는 생각이 들어서요."

"그런 깊은 뜻이……."

수호의 5급 이야기에 두 사람의 눈빛이 심상치 않게 빛난다.

수호도 두 사람의 눈빛을 읽고는 얼른 말을 덧붙였다.

"그래서 여러 군데 상담을 받아 봤는데 5급에 응시할 거면 차라리 지금이라도 어디 길드에 들어가 업계 경력을 좀 쌓는 편이 낫다고 하더라구요."

"누가요?"

"그냥 공무원 학원 같은 곳에서 그리 들었습니다."

"흠, 그것도 뭐 틀린 말은 아니죠. 우리도 경력직을 더 선호하는 편이긴 하니까요. 근데 요즘 길드는 전속 계약이라고 해서 계약 기간이란 게 존재하지 않습니까?"

"그래서 고민입니다. 저도 실무라든지 그런 것들을 좀 배우고 싶긴 한데 보통의 계약들은 다들 그렇다고 하니까요. 근데 만약 제 조건을 수렴해 주는 곳이 있다면 공채 응시 전까지 잠시라도 길드에 다닐 생각이 있습니다."

"호오…… 만약 그런 곳이 있다면 저희도 참 고맙게 느낄 것 같네요."

그 말에 수호가 속으로 웃었다.

됐다.

협회장이 직접 저리 말했으니 자신이 넥서스에 들어간다 한들 별로 안 좋게 보지 않을 것이다.

오히려 기특하게 생각하겠지.

게다가.

'이번 기회에 자연스럽게 협회와 넥서스 사이에 커넥션을 틀 수도 있겠어.'

그때였다.

똑똑-

"협회장님, 피성열입니다."

문밖의 노크소리.

그리고 뒤이은 목소리에 수호는 순간 눈을 키웠다.

'피성열?'

동시에 문을 열고 들어온 사람은 자신이 아는 그 피성열이 맞았다.

'저 인간을 지금 보게 될 줄이야……!'

특수부 피성열.

그는 협회장과 부협회장 만큼이나 반드시 단죄해야 하는 인물로 수호가 노리고 있는 인물들 중 하나였다.

그도 그럴 게 수호가 가족을 모두 잃게 된 게이트 쇼크 사건에는 피성열도 포함되어 있었으니까.

그때, 손님이 있다는 사실을 안 피성열이 조금 놀란 표정으로 고개를 숙였다.

"아이구 손님이 계신 줄도 모르고…… 죄송합니다, 다음에 다시 오겠습니다."

"어어, 아니에요. 이야기도 거의 마무리됐는데 이만 일어납시다. 아, 그럴 게 아니라 피 부장도 들어와서 인사해요, 여긴 안수호 헌터라고 이번에 도전의 탑을 공략하신 분입니다."

"안수호 헌터라면…… 아!"

협회장의 소개에 피성열은 대번에 아는 체를 하더니 성

큼성큼 다가와 수호에게 손을 내밀었다.

"특수부 피성열이라고 합니다. 이야, 협회장님 덕분에 화제의 인물을 다 만나 보네요."

"안수호입니다."

수호는 자연스럽게 그가 내민 손을 맞잡았다.

그러자 피성열이 특유의 금니를 드러내 보이며 웃었다.

"기사 많이 봤습니다. 요즘 가장 핫한 분이시라죠?"

"하하, 아닙니다."

수호는 자연스럽게 그와 인사하며 웃음을 나눴다.

과거에 이미 한번 단죄했던 그지만 그렇다고 그를 용서한 건 아니다.

지금의 피성열은 시간상 아직 단죄를 받기 전이니까.

하지만 그렇다고 수호는 아마추어처럼 굴지 않았다.

예컨대 감정에 휩쓸린다거나 하는.

부협회장이 수호에 대해 추가 설명을 덧붙였다.

"아, 오신 김에 피 부장님도 잘 봐 두세요. 글쎄 이분이 올해 말에 치러질 5급 공채에 응시하신다지 뭡니까?"

"5급 공채에요?"

그의 되물음에 수호가 얼른 대답했다.

"하하, 네. 그럴 예정입니다."

그 말에 피성열이 짐짓 놀란 표정을 짓더니 이내 입꼬리를 올리며 다시 한번 누런 금니를 보였다.

"이야, 5급 공채는 난이도가 상당할 텐데…… 나이도 어린 분이 정말 대단하신데요?"

피성열의 감탄에 신난 부협회장이 부가 설명들을 늘어놓기 시작했다.

"하하, 그뿐인 줄 아십니까? 이번에 안수호 헌터한테 우리 협회 측에서 봉인 게이트를 제공키로 했는데 조만간 봉인 게이트에도 도전하신다지 뭡니까."

"봉인 게이트까지요?"

봉인 게이트에 도전한다는 말에 피성열은 한 번 더 놀라움을 자아냈다.

5급 공채 응시야 누구나 응시할 수 있다지만 봉인 게이트는 좀 다른 문제였으니까.

그래서일까?

그는 협회장과 부협회장과는 조금 다른 반응을 보였다.

"그…… 안수호 헌터, 괜찮겠어요? 봉인 게이트가 어떤 곳인지는 알죠?"

걱정스런 목소리.

당연했다.

피성열은 각성자로 그곳이 얼마나 위험한 곳인지 잘 아니까.

그러나 수호는 대수롭잖다는 듯 대답했다.

"예, 너무 위험해서 길드들도 기피하고 협회에서 따로

관리하고 있는 곳이지 않습니까."

"잘 아시네요. 근데도 도전하시겠다니…… 스읍, 본인의 뜻이 그렇다면 말리지는 못 하겠습니다만…… 그래도 꼭 봉인 게이트 공략에 성공하셨으면 좋겠네요. 만약 봉인 게이트 공략에 성공하면 사실상 이번 5급은……."

그 말에 부협회장이 반응했다.

"어허, 피 부장. 그런 말 하는 거 아닙니다. 공채는 누가 뽑힐지 몰라요. 과정은 공정해야 하니까요. 뭐, 물론 봉인 게이트를 공략하면 그만큼 능력이 입증되는 건 맞긴 합니다만, 흠흠……."

"하하, 역시 부회장님이십니다. 안수호 헌터, 저도 응원하겠습니다. 만약 봉인 게이트 공략에 이어 공채에도 붙는다면 부디 같이 일할 수 있는 기회가 생기면 좋겠네요."

피성열의 눈빛이 반짝인다.

진심이었다.

그도 그럴 게 그는 항상 인재에 목말라 있는 사람이었으니까.

'정확히는 자신의 사냥개를 늘 찾아다니지.'

그 말에 부협회장이 이번에도 끼어들었다.

"어허, 피 부장님. 안수호 헌터는 이미 게이트부를 마음에 품고 있는 것 같던데요?"

"게이트부에요? 왜요?"

"안수호 헌터의 꿈이 게이트의 종식이랍니다. 그래서 게이트 우선 입장권을 십분 활용하고 싶어 해요."

"아이, 난 또 뭐라고. 그런 거라면 우리 특수부도 가능하잖아요. 안 그래요, 정 팀장?"

이제야 정철민에게 아는 체를 하는 피성열.

그 말에 정철민이 어색하게 대답했다.

"하하…… 네, 뭐."

"근데 정말 안수호 헌터가 5급 공채에 붙으면 정 팀장이랑은 족보가 어떻게 되는 거지? 뭐, 자세한 건 올해 말은 돼봐야 알겠네요. 아무튼 응원해요, 안수호 헌터. 이건 진심입니다."

은근슬쩍 족보 이야기를 꺼내며 묘한 분위기를 자아낸다.

역시 너구리 같은 놈.

정철민 곤란하라고 일부러 저러는 것이다.

그래서 수호도 바로 자리에서 일어났다.

"네, 감사합니다. 그럼 말씀들 나누세요. 전 이만 일어나 보겠습니다."

"그래요, 오늘 만나서 즐거웠어요, 안수호 헌터. 아, 좀 전에 말한 봉인 게이트는 나가시면서 정 팀장과 이야기 나누면 될 겁니다."

"예, 감사합니다. 그럼."

수호는 정철민과 함께 그제서야 협회장실을 나올 수 있

었다.

그런데 협회장실을 나선 정철민의 표정이 그리 좋지 않다.

왜 그런지는 안다.

하지만 수호는 일부러 모른 척 정철민에게 말했다.

"협회장님이랑 부협회장님 덕분에 이런 기회가 다 생기네요."

"그게……."

우물쭈물 하는 정철민.

아까부터 말을 꽤나 참은 모양.

그 모습을 본 수호가 픽 웃으며 말했다.

"팀장님, 흡연하시죠?"

"예? 아, 네……."

"그럼 잠깐 담배나 한 대 피우시죠."

"……알겠습니다."

두 사람은 건물 끝층 흡연실로 향했다.

흡연실로 들어온 직후, 정철민이 말없이 입에 담배 한 대를 물었다.

그 모습을 본 수호가 웃으며 흡연실에 마련된 의자에 앉자 정철민이 의아하단 표정으로 물었다.

"수호 씨는 안 피우세요?"

"네, 전 비흡연자거든요."

"근데 그럼 저한테는 왜……?"

"필요해 보이셔서요. 아까부터 팀장님 표정이 별로 안 좋아 보였거든요."

그 말에 정철민이 묘한 표정을 짓더니 이내 어색하게 웃으며 말했다.

"……하하, 티가 많이 났나요?"

그 말과 함께 정철민도 자리에 앉았다.

"혹시 피워도 될까요?"

"그럼요. 그럴려고 흡연실까지 온 건데요."

"감사합니다."

이내 불을 붙이는 정철민.

그가 깊게 담배를 빨아들인 후 숨을 뱉자 허공에 그의 한숨이 부서졌다.

그것을 본 수호가 말했다.

"제가 걱정되시는거죠?"

그 말에 정철민이 수호를 잠시 쳐다보더니 다시 시선이 바닥으로 향했다.

"예, 사실대로 말씀드리자면 무척이나 걱정됩니다. 전 수호 씨가 좋습니다. 수호 씨는 왠지 나중에 아주 큰 사람이 될 것 같거든요. 그래서 될 수 있으면 잃고 싶지 않습니다. 할 수만 있다면 최대한 안전하게 성장할 수 있도록 도와드리고 싶을 정도니까요."

"오우, 그렇게까지 생각해 주시는 줄은 몰랐네요. 감사합니다."

"진심입니다. 그런 의미에서 감히 말씀드리자면…… 수호 씨는 헌터가 되신 지 얼마 안 되셔서 잘 모르실 수도 있겠지만 봉인 게이트는 정말로 위험한 곳입니다. 괜히 정부에서 관리하는 곳이 아니에요."

"아뇨, 충분히 알고 있습니다. 안전 문제로 대형 길드에도 입찰권이 잘 안 주어진다는 사실도요."

"그런데 왜……?"

"자신 있으니까요."

"네?"

"협회에서 관리 중인 게이트들 중에 '무명검'이라고 있죠? 봉인 게이트 중에 하나인."

"예, 있습니다. 한때 시끄러웠던 게이트죠."

"제가 그곳의 공략법을 압니다."

"……네?"

그 순간, 정철민은 오늘 보았던 모습들 중 가장 큰 눈동자로 수호를 쳐다보았다.

정철민이 접시만 한 눈동자 그대로 수호에게 물었다.

"농……담이시죠?"

"농담 아닙니다."

수호는 더없이 진지했다.

그도 그럴 게 거짓말이 아니었으니까.

그래서일까?

수호의 더없이 진지한 표정에 정철민은 오히려 마른침을 꿀꺽 삼켰다.

그러더니 잠깐의 침묵 끝에 물었다.

"왜, 왜요?"

"네?"

"아, 아니. 그러니까 제 말은 어떻게요?"

"그건 비밀입니다."

"비밀요?"

"네."

"아……."

무척이나 아쉬운 소리.

그렇겠지.

다른 곳도 아니고 봉인 게이트인데.

수호는 생각했다.

'봉인 게이트는 난이도가 전부 S급으로 지정되어 있는 곳들뿐이지. 그래서 봉인 게이트라고 부르는 것이고. 그런데 그런 곳의 공략법을 알고 있다니 당연히 궁금하겠지.'

하지만 알려줄 순 없다.

알려줄 의무도 없고.

공략법을 알아야 봉인 게이트를 열어 준다는 법은 없었으니까.

물론 고집을 부린다면 어거지 땡깡을 부릴 수도 있겠지만 수호는 이미 협회장의 허락을 받은 상황.

이제 와서 정철민이 어찌할 수 있는 상황이 아니었다.

게다가 공략법을 안다고 한 사람은 다름 아닌 수호이지 않은가. 공략 자체가 가능한 줄도 몰랐던 도전의 탑을 뜬금없이 홀로 공략해낸.

그렇기에 믿을 수밖에 없었다.

수호가 뒷말을 덧붙였다.

“공략법을 알아낸 경로는 도전의 탑 때와 비슷하다고 보시면 됩니다. 그러니 절 믿고 무명검 게이트를 허락해 주시면 무명검을 시작으로 다른 게이트들도 순차적으로 공략해 내 보이겠습니다.”

“다, 다른 봉인 게이트도요?”

“예.”

“허…….”

무명검의 공략법을 아는 것도 안 믿기는데 다른 봉인 게이트도 공략해 내 보이겠다니……

정철민의 입이 자기도 모르게 벌어졌다.

그리고 동시에 느낄 수 있었다.

수호의 말이 허세가 아님을 말이다.

그렇기에 더 이상 무어라 말을 얹을 수가 없었다.

정철민이 보기에 자신은 개고 수호는 범이었다.

개가 어찌 범의 뜻을 알까.

체념한 정철민이 한숨을 삼키며 말했다.

"……알겠습니다. 그럼 준비되는 대로 바로 연락드리겠습니다."

"그러지 말고 지금 바로 출발하시죠. 전 이미 준비가 다 끝났습니다."

"지금 바로요?"

"예. 무명검은 경주에 위치해 있죠?"

"그렇긴 합니다만…… 진심이세요?"

"예, 쇠뿔도 단김에 빼랬다고 전 오늘 치렀으면 합니다."

"어…… 잠시만요."

수호의 재촉에 정철민은 잠시 자리를 옮겨 어디론가로 전화를 걸었다.

그리고 얼마 뒤 어색하게 웃으며 말했다.

"가능하다는 답변을 받았습니다. 그럼 저희랑 같이 경주로 이동하시겠습니까?"

"아뇨, 따로 가겠습니다. 데려가야 할 사람이 있어서요. 아, 참고로 봉인 게이트 위치도 알고 있으니 게이트 입구에서 만나시면 될 것 같습니다."

"……알겠습니다."

깔끔한 답변에 정철민이 헛웃음을 삼키며 떠날 준비를 한다.

*

"슬슬 보이네요."

부아앙!

고속도로를 가로지르는 차량 하나.

조진휘의 세단이었다.

수호는 대헌협을 나오자마자 조진휘와 배동혁 대표에게 전화를 걸었다.

배동혁에게 전화한 이유는 봉인 게이트 입장권을 따냈다는 사실을 알리기 위함이었고 조진휘에게 전화를 한 건 기자로써 동행을 부탁하기 위함이었다.

그래서 지금 함께 가고 있는 것.

원래는 기차를 타고 갈 생각이었으나 편한 세단이 있다고 같이 오게 되었다.

따로 움직이는 것보단 함께 움직이는 게 나았으니까.

경주에 진입하고 얼마 뒤, 조진휘의 차량이 봉인 게이트 입구에 들어설 수 있었다.

봉인 게이트는 역시나 군대가 관리하고 있었는데 분위기가 살벌했다.

신원 확인을 마치고 게이트 안쪽으로 들어가자 아이템 효과로 가려져 있던 봉인 게이트의 외부가 서서히 모습을 드러냈다.

'스퀘어는 여전하네.'

스퀘어.

그것은 게이트 포탈을 중심으로 외부에서 쌓아 올린 일종의 봉인 구조물로, 생긴 게 정사각형 모양이라 스퀘어란 명칭이 붙었다.

스퀘어는 강력한 초합금속과 철을 사용하여 만들어졌으며 이따금씩 뿜어져 나오는 몬스터들을 가두고 쇼크를 억제하기 위한 목적으로 만들어졌다.

수호가 차에서 내리자 먼저 와 있던 정철민과 무명검 스퀘어의 책임자가 수호에게 다가왔다.

"오셨습니까."

"아, 네. 먼저 오셨네요."

"기차를 타고 왔거든요. 그보다 옆에 계신 분은……?"

정철민의 물음에 조진휘가 자신의 명함을 내밀며 인사했다.

"처음 뵙겠습니다. PBS의 조진휘 기자라고 합니다."

"기자님이요?"

정철민이 조금 놀란 뉘앙스를 표하자 수호가 대신 대답했다.

"당장 기사를 풀 건 아닌데 현장 사진을 담기 위해 모시고 왔습니다. 공략 직후의 사진만 담을 건데 혹시 안 될까요?"

"아, 아뇨, 안 될 건 없죠. 애초에 비밀스러운 곳도 아닌데요, 뭐. 단지 수호 씨가 직접 기자님을 모시고 올 줄은 몰랐어서 놀랐을 뿐입니다."

"허락해 주셔서 감사합니다. 아, 그리고 인사드린 김에 말씀드리는 건데 기자님은 알아 두시는 편이 좋으실 거예요. 앞으로도 자주 보실 테니까요."

"아하, 넵. 알겠습니다."

그때 옆에 있던 스퀘어 책임자 김종우가 인사했다.

"스퀘어 책임자 김종우 소령이라고 합니다."

"책임자분이셨군요. 안수호라고 합니다."

"만나 뵙게 되서 영광입니다. 근데…… 무명검 공략은 정말로 안수호 헌터님 혼자서 하실 예정이십니까?"

이미 정철민에게 사전 설명을 들었음에도 불구하고 김종우는 다시 한번 확인했다.

그럴 수밖에.

아무리 생각해도 이곳의 단독 공략은 좀처럼 믿기 힘든 것이었으니까.

'놀랄 만도 하지. 여기서 죽은 플레이어가 몇인데.'

수호가 기억하는 바에 따르면 현재까지 집계된 이곳의 사상자는 이미 200명을 훌쩍 넘었다.

그래서 스퀘어 봉인 작업과 더불어 S급 난이도로 지정된 것이고.

수호가 말했다.

"예, 혼자 공략할 예정입니다."

"저…… 실례지만 레벨이?"

"51입니다."

"아……."

옅게 탄식하는 김종우.

그러나 수호는 상관없다는 듯이 말했다.

"소령님이 무얼 걱정하시는 건진 잘 압니다만 우려하시는 일은 일어나지 않을 겁니다. 그러니 믿고 기다려 주세요."

그 말에 김종우가 정철민을 쳐다본다.

이내 정철민이 고개를 끄덕였고 김종우가 한숨을 삼키며 말했다.

"알겠습니다. 그럼 저흰 바깥에서 기도하고 있겠습니다."

"믿어주셔서 감사합니다."

"스퀘어 내부는 정리해 뒀습니다. 바로 입장하시면 됩니다."

그새 정리까지 해 두니.

배려가 참 친절하다.

스퀘어로 들어가기 전에 조진휘가 물었다.

"얼마나 걸리실 것 같으세요?"

"글쎄요, 이변이 없다면 1시간 안에는 돌아오겠습니다."

"봉인 게이트를 1시간 만에 클리어한다라……."

누가 들으면 미친놈이라고 손가락질할 터.

그러나 조진휘는 막연하게 믿음이 갔다.

"조심해서 다녀오세요."

"예, 꼭 그러겠습니다."

인사를 마친 수호는 군인들이 열어 준 스퀘어 입구 안으로 들어갔다.

수호가 스퀘어 안으로 들어간 순간이었다.

"입구 봉쇄하겠습니다!"

군인들의 외침.

동시에 외부에서 입구가 단단히 잠겼고 사람들은 스퀘어 내부에 설치된 카메라로 수호를 관찰하기 시작했다.

수호가 은은하게 빛나는 스퀘어 내부를 둘러보며 생각했다.

'깔끔하게 청소해 놨네.'

스퀘어 안에는 피 냄새가 났다.

공략되지 않은 게이트는 정기적으로 몬스터들을 내뱉곤 하니 군에서 중화기로 쓸어 버리는 것이다.

물론 중화기가 통하는 몬스터의 경우엔 군에서 처리하고 그렇지 않은 경우엔 대헌협이나 외부 길드의 도움을 받는다.

그런 의미에서 봉인 게이트로 분류된 무명검의 몬스터는 중화기로 처리가 가능한 편.

이윽고 스퀘어 끝자락에 도달하자 무명검의 입구 포탈

이 빛을 내며 일렁이고 있었다.

'오랜만이네, 여기도.'

수호는 과거에 이곳에 온 적이 있었다.

정확히는 일곱 번 왔다.

처음 이곳에 왔을 땐 무명검 안의 보스 몬스터를 이기지 못해 겨우 목숨만 건졌다.

무명검은 보스 몬스터를 죽이지 않아도 게이트를 나올 수 있는 곳이었으니까.

그래서 수호는 그다음부터 무명검의 보스 몬스터를 죽이기 위해 피 나는 수련을 했다.

하지만 그 후로 다섯 번의 도전을 더 하였고 총 여섯 번의 패배를 맛보았다.

그래도 수호는 포기하지 않았다.

그리고 마침내 일곱 번째 도전이 되었을 때, 수호는 칠전팔기 정신으로 마침내 무명검을 공략할 수 있었다.

'나한텐 여러모로 의미가 큰 게이트지.'

그렇기에 수호는 이곳의 공략법을 그 누구보다도 잘 안다.

모두가 실패하였지만 일곱 번의 도전 끝에 끝끝내 공략을 성공시킨 사람이 바로 자신이었으니까.

수호가 게이트에 발을 들인 순간이었다.

[게이트에 입장합니다.]

[게이트 정보를 불러옵니다.]

[무명검]

- 입장 조건 : 누구나.

- 최대 입장 인원 : 1명.

입장 조건은 누구나 들어올 수 있지만 최대 입장 인원은 1명인 곳.

그렇기에 난이도가 더더욱 기하급수적으로 올라갔던 곳.

수호의 시야가 점멸한다.

"들어갔네요."

"하…… 괜찮을까요?"

"이젠 믿어 보는 수밖에 없죠."

스퀘어 밖 상황실.

그곳엔 정철민과 김종우, 그리고 조진휘까지 긴장된 표정으로 카메라를 보고 있었다.

그리고 이내 빛이 반짝였고 수호가 게이트 속으로 들어갔다.

수호가 사라진 직후, 김종우가 여전히 걱정스런 표정으로 말했다.

"아무리 그래도 참…… 전 여전히 걱정됩니다. 여긴 단순히 스탯이 높다거나 레벨이 높다고 깰 수 있는 곳이 아니잖아요."

"그쵸. 무명검 게이트 안에는 검황이 사니까요."

"심지어 안수호 헌터는 치유사라면서요?"

"그건 별로 상관없을 겁니다."

김종우의 걱정에 조진휘 대신 대답한 건 다름 아닌 정철민이었다.

"상관없을 거라뇨?"

"안수호 헌터는 제가 보기엔 무늬만 치유사거든요."

"무늬만 치유사요?"

"예. 적어도 제가 본 플레이어들…… 아니, 전 인류를 통틀어 안수호 헌터만큼 검을 잘 다루는 사람은 본 적이 없거든요."

그 말에 김종우가 미간을 좁혔다.

"……진심이세요?"

"안수호 헌터가 헌터 시험을 치를 때 그의 실기 시험을 실시간으로 참관한 게 바로 접니다. 물론 그는 치유사이니만큼 치유사 전용 실기를 치르긴 했지만 정작 그가 실기 시험을 통과한 방법은 몬스터들을 전부 칼로 죽여 없애는 것이었거든요."

그 말에 조진휘가 깜짝 놀라며 되물었다.

“예? 치유사 실기 시험은 환자를 보호하다 죽으면 되는 거 아니었나요? 치유사 실기는 정확히 말해서 치유사로서의 직업 정신…… 그러니까 희생정신을 체크하기 위해 치르는 거잖아요.”

“예, 그렇죠. 근데 안수호 헌터는 다른 방식으로 환자를 지켰습니다. 환자와 같이 죽는 게 아니라 환자를 끝까지 사수하는 것에 초점을 둔 거죠. 그래서 근처에 있는 칼 한 자루를 주워 시험에 나오는 오크들 전부를 죽였습니다.”

“미친…….”

전혀 몰랐던 이야기다.

그도 그럴 게 세상에 알려진 건 그저 수호가 시험에서 수석으로 합격했다는 것뿐이었으니까.

그렇기에 정철민은 생각했다.

‘안수호 헌터가 아는 공략법이 뭔진 모르겠지만 어쩌면 이번 기회에 검황이 무너질지도 모르겠군.’

정철민의 목격담에 세 사람은 다시금 새로운 눈빛으로 카메라 속 화면을 바라보았다.

시야가 점멸되고 주변이 바뀐다.

한적한 숲속.

그 사이에 난 오솔길 하나.

과거에 보았던 무명검 게이트 그대로였다.

'오랜만이네.'

그렇게 추억에 젖어 주변을 돌아보고 있을 무렵.

"케륵, 케륵!"

몬스터의 울음소리.

고블린의 것이었다.

소리가 난 방향을 쫓아 가 보니 아니나 다를까 고블린들이 삼삼오오 모여 있었다.

'그래, 여긴 고블린들이 있지.'

하지만 저 녀석들은 그저 눈속임용일 뿐이다.

아니, 굳이 따지자면 진짜 싸움 전에 몸을 풀라는 의미에서 마련된 몸풀기용 몬스터들이었다.

수호가 손을 뻗어 스킬을 발동시켰다.

[블러드 웨폰이 발동됩니다.]

그러자 손아귀에 혈액이 결집되며 혈검이 생성되었고.

"케륵! 케륵!!"

생성된 혈검에서 적의를 감지한 고블린들이 하던 행동들을 멈추고 수호에게 덤벼들었다.

수호는 자리에서 움직이지 않았다.

대신 녀석들이 반경에 들어오길 기다렸다가 허리를 숙인 후 딱 한 번 검을 휘둘렀다.

[발도가 발동됩니다.]

석!

빠르게 갈라지는 공기 절삭음 소리.

이윽고 검의 속도를 쫓아오지 못한 혈검의 붉은 잔상이 허공을 스쳤다가 사라진다.

그리고.

푸뷰뷰붓!

[고블린을 처치하셨습니다.]

[고블린을 처치하셨습니다.]

[고블린을 처치하셨습니다.]

[고블린을 처치하셨습니다.]

……

수호는 단 한 번의 일격으로 수많은 고블린을 몰살시킬 수 있었다.

수호는 사방에 널브러진 고블린들의 사체를 향해 혈검을 들었다.

[흡혈이 발동됩니다.]

수아아!

바람이 빨려 들어오는 듯한 소리.

치켜든 혈검이 옅게 발광하더니 이내 사위에 뿌려진 고블린들의 혈액을 블랙홀처럼 한 방울도 남김없이 모조리 빨아들였다.

혈검을 통해 흘러들어온 혈액이 혈옥으로 집결된다.

혈옥이 채워지는 느낌은 들었지만 그다지 도움은 되지 않았다.

흡수한 피가 평범한 고블린들의 것이었기 때문이다.

그때였다.

절걱-

무거운 쇠마찰 소리.

소리가 들린 방향으로 고개를 틀어 보니 해질 대로 해진 망토에 얼굴 전체를 가리는 낡은 투구를 착용한 남자가 나타났다.

그와 동시에 알림 하나가 떠올랐다.

[보스 몬스터가 등장하였습니다.]

그래.

거지와 다를 바 없는 몰골을 한 저 낡은 검사가 바로 무명검 게이트의 주인이었지.

수호는 녀석의 머리 위에 적힌 네임 카드를 보았다.

- 이름 없는 검사 Lv.???

이름 없는 검사.

그게 녀석의 이름이었다.

그렇기에 녀석은 처음엔 무명 검사라고 불렸다.

그도 그럴 게 게이트의 이름도 무명검이었으니까.

그리고 또 한 가지.

녀석은 레벨이 표기되어 있지 않았다.

이유?

그런 건 모른다.

왜 그런 건지는 오직 시스템만이 알겠지.

다만 그의 레벨이 정확히 표기되어 있지 않았기에 어떤 사람들은 그를 우습게 보았다.

하지만 얼마 지나지 않아 그건 큰 착각이었음을 깨닫는다.

스릉!

무명 검사가 검을 뽑아 들었다.

그와 동시에 스킬 하나가 발동되었다.

[이름 없는 검사의 전장이 발동됩니다.]

[이름 없는 검사의 전장이 발동되는 동안 이름 없는 검사의 상태창이 도전자와 똑같은 상태가 됩니다.]

[이름 없는 검사의 전장이 발동되는 동안 영역 안의 모든 전투자는 '검' 외외의 무기는 사용할 수 없습니다.]

[이름 없는 검사의 전장이 발동되는 동안 영역 안의 모든 전투자는 '검술'이외의 스킬은 사용할 수 없습니다.]

시작됐다.

이름 없는 검사의 전장.

그것은 무명 검사의 전용 스킬이자 무명검 게이트의 난이도를 극악으로 올리는데 많은 지분을 차지한 핵심 중의 핵심이었다.

'그래, 모든 게 다 저것 때문이었지. 저 말도 안 되는 불공정한 스킬 하나 때문에 수많은 이들이 죽임을 당했고.'

이름 없는 검사의 전장.

도전자는 검과 검술 외엔 아무것도 사용하지 못한다.

그에 대한 페널티로 이름 없는 검사는 도전자와 같은 피지컬을 갖춘 상태로 싸우지만 애석하게도 그것은 이름 없는 검사에게 있어 페널티가 아니었다.

'페널티는 무슨, 저건 상대를 더 즐겁게 농락하기 위한 기만일 뿐.'

이름 없는 검사의 전장에서 승리를 쟁취할 수 있는 유일한 방법은 오직 하나.

바로 상대보다 더 뛰어난 검술뿐이었다.

그렇기에 이름 없는 검사는 백 명이 넘는 플레이어를 죽인 후부터 사람들에게 검술의 황제…… 즉, '검황'이라 불리기 시작했다.

수호가 혈검을 들어 올리며 말했다.

"검황아, 오랜만이다."

그 순간.

쾅 - !

수호의 인사말과 동시에 검황이 커다란 발구름과 함께 수호를 향해 뿜어지듯 들이닥쳤다.

동시에 목젖을 향해 쇄도하는 칼날.

수호는 몸을 비틂과 동시에 혈검을 치켜 올려 녀석의 칼날을 밀어냈다.

챙캉!

낡은 칼날과 혈검 사이에 불꽃이 튀어오른다.

묵직한 힘.

떨리는 칼날.

누가 감히 저걸 낡은 칼이라고 생각할까?

수호는 안다.

저 낡은 칼 한 자루조차 상대를 기만하기 위한 기믹이라는 걸.

하지만 그 모든 거짓된 속임수 속에서도 딱 한 가지 진실된 것이 있었다.

그것은 바로 오랫동안 갈고닦아 온, 그 어느 검사보다도 뛰어난 검황의 압도적인 검술 실력이었다.

'그래서 검황이란 별명이 붙게 된 거지.'

챙캉!

칼날을 쳐낸 수호가 바로 검을 붙여 칼날과 함께 검황을 밀어냈다.

밀어내는데는 많은 힘이 요구됐으나 그렇다고 못 밀어낼 정도는 아니었다.

현재의 검황은 수호와 똑같은 상태창을 가진 상태였으니까.

그러자 밀려난 검황이 기술 좋게 몸을 틀어 밀려난 거리를 최소화했다.

노련하기 그지없는 움직임.

오랜만에 보는 몸놀림임에도 수호는 자기도 모르게 옅게 감탄했다.

'역시 검황이군.'

이어서 바로 반격해 오는 검황.

이번에는 아까와 다른 형태로 접근해 왔다.

이것이 검황이 가진 진짜 무서움이었다.

그의 검술은 일편화되지 않았고 상대에 따라 여러 가지 전술을 보일 수 있을 만큼 선택지가 많았다.

그렇기에 검황은 그런 식으로 수많은 사람들을 농락하며 유린했다.

같은 조건에 같은 무기를 든, 얼핏 보면 공평하기 그지없어 보이나 실은 그 누구보다도 불공평한 전장 속에서 자신에게 유리한 것으로 상대를 농락하고 옭죄다 끝끝내 목숨까지 거두어 가는.

그래서 이곳은 난이도 S급의 봉인 게이트로 지정된 것이다.

검술보다는 총검술이 익숙하고 총검술보다는 주먹질이, 주먹질보다는 펜대가 더 익숙한 현대인들에게 검황의 검술은 감히 따라할 수 없는 진짜배기였으니까.

하지만.

서걱!

수호는 자신에게 접근해 오는 검황을 향해 반 박자 먼저 들어가 검을 휘둘렀다.

그러자 녀석의 신체가 일순 균형을 잃더니 속절없이 수호에게 유효타를 허락했다.

절거덕- 쾅!

가슴을 사선으로 베인 검황은 커다란 발돋움과 함께 순식간에 뒤로 거리를 벌렸다.

당황한 모양이었다.

하긴.

그럴 만도 하지.

여태껏 압도하듯 모두를 잡아먹다 처음으로 유효타를 먹인 상대를 만난 것이니.

녀석의 당황한 모습을 본 수호가 검을 들어 올리며 웃었다.

"왜? 당황스러워?"

"……."

대답하지 않는 검황.

대신 녀석은 자세를 고쳐잡았다.

그 모습을 본 수호가 피식 웃으며 중얼거렸다.

"그래, 넌 죽을 때까지 끝끝내 말 한마디 안 하더라."

그리고 수호의 말이 끝난 순간, 검황은 또다시 수호와 거리를 좁혔다.

붕!

귓전에 울리는 공기를 가르는 소리.

날카롭다.

저돌적이다.

허나.

챙캉!

"……!"

검황의 눈이 동그랗게 커진다.

이번에는 더없이 날카로웠다고 생각한 일격일진대 거짓말처럼 보란 듯이 막혀 버렸기 때문이다.

검을 맞댄 수호가 씩 웃으며 말했다.

"일곱 번이다. 내가 널 꺾기 위해 다시 도전한 횟수가."

"……?!"

수호의 말을 알아들은 걸까?

진실은 아무도 모른다.

녀석은 도전자의 말에 그 어떤 대꾸도 하지 않으니까.

하지만 몸에서 뿜어져 나오는 감정의 파장으로 수호는 알 수 있었다.

녀석이 적잖게 동요하고 있음을 말이다.

수호는 막아낸 칼날을 비비듯이 끌어 올린 후 서로의 검이 떨어지자마자 순식간에 검을 아래로 내리그었다.

[참수가 발동됩니다.]

참수가 발동되었다.

그리고 스킬 알림음과 함께 그어 내려진 칼날을 따라 붉은 선 하나가 뒤늦게 꼬리처럼 따라붙었다.

동시에 붉은 선 사이에 있던 검황의 왼팔이 갈라지며 틈 사이로 허공을 만들어냈다.

서걱!

녀석의 왼팔을 자르는데 성공한 것이다.

잘린 왼팔은 단면을 따라 잠시 아래로 기울어지더니 중력이 끌어당기기 직전 허공에 한 번 멈추었다.

그리고 수호는 조금도 망설이지 않고 몸을 회전시켜 그것을 뒤돌려 차기로 멀찍이 걷어차 버렸다.

쿠당탕!

잘린 왼팔은 갑옷이었다.

그렇기에 그것은 바닥에 떨어지자마자 빈 깡통처럼 요란한 소리를 냈다.

아니, 따지고 보면 빈 깡통이 맞았다.

잘린 왼팔 속에는 아무것도 들어 있지 않았으니까.

위험을 느낀 녀석이 다시 뒤로 물러난다.

수호가 외팔이 된 녀석을 보며 말했다.

"많은 사람들이 궁금해했었지. 그 갑옷 안에 무엇이 들었을까 하고. 근데 내가 처음으로 그 안을 확인했을 때 얼마나 실망했는지 알아?"

절그럭-

대답 대신일까?

수호의 말에 녀석의 갑옷이 낡은 소리를 내며 삐거덕거린다.

아마도 우연이겠지.

그렇기에 수호도 아랑곳하지 않고 말을 이었다.

"정말 많이 실망했다. 다들 무명 검사니 검황이니 모두가 네 실력을 칭찬했지만 그 실상은 고작해야 검귀의 망령이었으니 말이야."

말을 마친 수호는 이번엔 자신이 먼저 검황을 향해 달려들었다.

검황은 검을 들어 바로 방어 태세를 갖추었다.

그리고 수호가 거리를 좁혀 들어오기 직전 방어 태세에서 검을 휘둘러 반격을 가했다.

들어올 타이밍을 노려 휘두른 반격기였다.

하지만 수호는 이 또한 알고 있었다.

이 반격기에 몇 번이나 죽을 뻔했으니까.

그렇기에 검이 휘둘러질 궤적을 정확히 계산해 그 직전에 돌진을 멈추고 뒤로 한 걸음 물러났다.

쉭!

휘둘러진 반격기가 허공을 가른다.

녀석의 오른팔이 충분히 돌아간 후 수호는 그제서야 아

껴 두었던 공격을 사용했다.

이번에 노린 건 녀석의 오른쪽 허벅지였다.

꺼걱!

허벅지를 감싼 두꺼운 갑옷이 꽤나 묵직한 소리를 내며 갈라진다.

완벽하게 베었다는 느낌이 들자마자 수호는 이번에도 녀석의 허벅지를 발로 걷어차 무너뜨렸다.

그러자 이번에도 텅 빈 내부가 드러났고 당황한 녀석은 외발로 뒤로 멀찍이 물러났다.

비틀거리진 않았다.

녀석은 처음부터 외발로 태어난 것처럼 아주 바른 자세로 하나뿐인 팔까지 들어 겨눔세를 취했다.

왜?

간단했다.

녀석은 애초부터 근육에 의해 움직이는 몸뚱이가 아닌 망령의 의지로 사지가 접합된 갑옷 몸뚱이 그 자체였으니까.

수호가 다시 검을 들며 말했다.

"쯧쯧, 하나부터 열까지 모든 게 다 기믹인 놈. 그래도 너한테는 크게 고마움을 느낀다. 덕분에 수호검의 초석이 탄생했으니까 말이야."

그랬다.

칠전팔기의 도전 끝에 끝끝내 수호가 녀석을 이길 수 있었던 이유.

그리고 모든 게 속임수와 불공평함으로 점철된 녀석이지만 그럼에도 수호가 녀석을 검황이라고 불러 주는 이유.

그것은 녀석이 가진 검술 실력만큼은 진짜배기였고 수호의 검술 실력은 녀석 덕분에 비약적으로 발전할 수가 있었기 때문이다.

다시 말해 이름 없는 검사는……

아니, '검황'은…… 수호를 '검신'이라 불리게 한 장본인이자 수호를 세계적인 반열에 오를 수 있게 한 수호의 실질적인 검술 스승이었다.

"잠깐이지만 만나서 반가웠다."

수호가 다시 한번 녀석과 거리를 좁힌다.

녀석은 하나뿐인 외발로 잘도 회피 기동을 시작했지만 애석하게도 수호가 창시한 수호검의 수호보법은 녀석을 잡기 위해 만들어진 추격보법에서 탄생한 발놀림이었다.

[참수가 발동됩니다.]

순식간에 녀석을 따라잡은 수호의 칼날이 녀석의 정수리부터 사타구니까지 일도양단으로 내질러진다.

그리고.

[이름 없는 검사를 처치하셨습니다.]

수호는 200명도 넘게 학살한, 한때 '검황'이라 불렸던 놈을 다시 한번 죽이는데 성공할 수 있었다.

Chapter 3

동시에 무수한 시스템 알림이 눈앞에 별천지처럼 쏟아졌다.

[게이트가 공략되었습니다.]

[게이트 공략의 MVP는 '안수호' 님입니다.]

[MVP 선정으로 추가 경험치가 제공됩니다.]

[MVP 선정으로 보너스 스탯이 1개 제공됩니다.]

[그 누구도 공략하지 못한 게이트를 혼자 공략하는데 성공하셨습니다.]

[대단한 업적을 달성하여 시스템이 당신에게 보너스 스탯을 5개 선물합니다.]

[레벨이 올랐습니다.]

[모든 스탯이 1 올랐습니다.]

[보너스 스탯을 1개 획득하셨습니다.]

추가 되는 보너스 스탯들.

수많은 사상자를 낸 하드 게이트였으니만큼 시스템도 그 공로를 인정해 이번 게이트 공략을 대단한 업적으로 인식하였다.

덩달아 게이트 전체를 통틀어 제대로 된 몬스터는 이 녀석 하나뿐이었으니 경험치도 두둑했다.

51레벨 플레이어를 단숨에 52레벨을 만들 정도로 말이다.

수호는 양단되어 쓰러진, 한때 검황이었던 녀석의 텅 빈 육신을 보며 중얼거렸다.

"돌이켜 보면 이렇게 쉬운 놈인데 그때는 왜 그렇게 고전했는지."

그래도 녀석에게는 여전히 감사함을 느낀다.

스승의 날이 되면 이따금씩 떠올릴 정도로.

당연했다.

살면서 검술에 그렇게까지 미쳐 본 건 그때가 처음이었으니까.

수호는 혹시나 하는 마음으로 귀영창을 소환해 녀석의 몸에 꽂아 보았으나 애석하게도 흡수되는 그림자는 없었다.

흡혈도 마찬가지였다.

녀석은 망령.

피도 그림자도 없는 어느 이름 모를 검귀의 정신체일 뿐이었으니까.

파스스 -

녀석의 시체가 스러 사라진다.

그리고 그 자리에는 딱 하나.

녀석이 다루던 낡은 칼 한 자루만이 남아 있었다.

수호는 그것을 들어 정보를 확인했다.

[이름 없는 검사의 이름 없는 칼]

– 등급 : F

이름 없는 검사가 사용하던 낡은 칼.

등급은 F.

이름도 설명도 직관적이기 그지없는 칼.

처음엔 검황이 남긴 유품이려니 하고 인벤토리에 집어 넣었다.

그러다 몇 해가 지나고 늘어날 대로 늘어난 인벤토리를 정리하던 중 다시 꺼냈을 때 근처에 있던 지인에 의해 이것의 진짜 가치를 알게 되었다.

수호는 이름 없는 칼을 얼마간 훑어보던 끝에 각각 칼날과 손잡이 끝을 잡고 힘을 주었다.

그러자 낡은 칼은 생김새 그대로 똑 하고 부러졌다.

그와 동시에 몇 해 동안이나 몰랐던, 이름 없는 칼에 숨겨져 있던 진정한 효과가 시스템 알림을 통해 드러났다.

[무명검을 사용하셨습니다.]

[검의 이해가 발동됩니다.]

[무명검의 혼이 당신의 검술에 깃듭니다.]

[수호검의 정보가 변동됩니다.]

[수호검(S+)을 터득하셨습니다.]

정보가 변동됐다.

동시에 S급이었던 수호검의 등급에 추가 효과가 붙어 플러스 등급이 됐다.

수호는 변동된 수호검의 정보를 확인했다.

[수호검]

- 등급 : S+

안수호가 만든 독자적인 검술.

기본에 충실하되 공격과 방어, 회피의 밸런스가 뛰어나다.

고정되어 있던 등급에 '무명검의 혼'이 깃들어 플러스 등급이 되었다.

수호검은 무명검의 의지를 받들어 무한한 성장의 가능성을 가지게 되었다.

수호검의 정보를 본 수호는 만족스러움에 고개를 끄덕였다.

하고 많은 봉인 게이트들 중 굳이 무명검을 첫 번째 타자로 지목한 이유.

그것은 특별한 아이템이나 준비 없이 기존의 검술만을 가지고도 해결할 수 있음도 있었지만, 가장 큰 목적은 바로 이 무명검 때문이었다.

'내 검술은 이제부터가 시작이다.'

어차피 숨쉬 듯이 사용해 오던 수호검이다.

그렇기에 수호검의 진정한 힘은 플러스 등급이 되어 추가적인 진화가 가능한 지금부터였다.

그래야지만 수호의 절기라 불리는 그것들을 익힐 수 있었으니까.

스킬 흡수를 마친 수호가 눈앞에 떠오른 출구 포탈을 향해 발을 내디딘다.

상황실.

수호가 들어간 지 약 반 시간 정도가 지났을 무렵, 카메라 화면을 지켜보던 김종우가 말했다.

"한참 걸릴 것 같은데 잠시 순찰 좀 돌고 오겠습니다."

"예, 그러시죠."

그리 말하며 김종우가 떠나려던 순간.

"어, 어?"

화면을 지켜보던 조진휘가 자리에서 벌떡 일어났다.

동시에 정철민도 벌떡 일어났다.

"게이트! 게이트가!"

"네?!"

허겁지겁 달려오는 김종우.

그러더니 그 또한 도무지 믿기 힘들다는 표정으로 화면을 쳐다보며 말했다.

"게이트가…… 클리어됐어?"

"어, 얼른 나가요! 빨리요!"

게이트가 클리어되면 외부에 드러난 게이트 라인에 변화가 생긴다.

외부인들은 그것을 보고 공략의 유무를 알 수 있다.

그런데 지금 그 게이트 라인이 무너지기 시작한 것.

믿을 수 없는 상황에 김종우는 나가서 스퀘어 입구를 열 것을 지시했고 조진휘는 상황실을 나가기 전 카메라를 들어 화면 속 게이트 라인 붕괴 현상을 촬영했다.

이윽고 스퀘어 앞에 선 세 사람은 두근거리는 심정으로 수호를 기다렸다.

그리고 얼마 지나지 않아 스퀘어 속 어둠 사이로 옅은

미소를 띤 수호가 모습을 드러냈다.

"수호 씨!"

"헌터님!"

너무 반가운 나머지 수호의 이름을 외치며 달려드는 정철민과 조진휘.

김종우는 그 정도로 막역한 사이는 아니기에 그저 헛웃음이나 띠며 놀라움을 표했다.

수호가 당장 헹가래라도 펼칠 듯 달려드는 두 사람을 진정시키며 말했다.

"두 분 다 진정하세요."

"어떻게 진정을 하겠습니까! 무려 봉인 게이트라구요! 200명도 넘는 사상자를 낸 무명검을 수호 씨가 공략해 내신 거라구요!"

"그뿐입니까? 아직 30분도 안 지났습니다! 근데 공략이라뇨? 이게 말이나 됩니까?!"

흥분하는 두 사람.

김종우는 그제서야 슬쩍 다가와 말을 얹을 수 있었다.

"수고하셨습니다, 헌터님."

"아닙니다. 쉬운 곳이었는데요, 뭘."

"쉬운…… 곳이었다구요?"

"예, 저한테는 무척이나 쉬운 곳이었습니다."

"허…… 그게 무슨 말도 안 되는……."

담백하게 대꾸하는 수호.

그러나 김종우가 보기에도 그건 허세처럼 보이지 않았다.

말을 내뱉는 표정에는 거만함이나 오만함 따윈 전혀 없었으니까.

마치 당연한 일을 한 것처럼, 꼭 마실 나갔다가 온 사람 같았다.

수호가 말했다.

"그럼 게이트도 공략했으니 이제 사진이나 좀 찍을까요?"

"사진요?"

"네, 인증 사진도 남길 겸 다 같이 한 장 찍어요. 아, 참고로 기념하려고 찍는 건 아니고 말 그대로 인증하기 위해 찍으려는 겁니다."

말 그대로였다.

이렇게 보란 듯이 인증 사진을 남겨야 보도 자료용으로도 쓸 수 있을 테니까.

그래서 조진휘를 데려온 것이다.

다른 사람도 아니고 PBS기자가 찍어 준 사진 만큼 공신력 있는 것도 없을 테니까.

그때 김종우가 난처한 기색으로 말했다.

"저는 군인이라 촬영은 좀……."

그때, 눈치 빠른 정철민이 얼른 뒷말을 덧붙였다.

"어허, 소령님. 이게 어디 기념 촬영도 아니고 다 미래를 위해서 찍으려는 겁니다. 관공서 제출용으로요! 게다가 무명검이 어디 그냥 게이트입니까? 우리나라 입장에선 소재앙으로 분류된 곳인데. 지금 상황으로 따지면 안수호 헌터는 아주 큰일을 해내신 겁니다. 막말로 여기가 공략 안 됐으면 국민의 피 같은 혈세가 계속 투입되어야 하는데 지금 안수호 헌터 덕분에 혈세가…….”

“아, 아뇨. 아닙니다! 죄송합니다. 얼른 가서 찍고 오시죠.”

정철민의 핏대 솟는 열연에 김종우는 얼른 자신의 잘못을 인정하고 촬영 협조에 나섰다.

그 모습을 본 수호가 피식 웃는다.

‘역시 철민이 형이야.’

그렇게 세 사람은 얼마 뒤 한국을 뜨겁게 달굴 기념비적인 촬영을 마칠 수 있었다.

촬영이 끝나고 서울로 복귀하는 길.

수호는 서울로 돌아가기 전에 정철민과 김종우한테 반나절 정도만 무명검 게이트 공략에 대한 엠바고를 부탁했다.

일을 순서대로 진행하려면 넥서스 길드와의 만남이 우선이었기 때문이다.

그렇기에 수호는 사진 촬영을 마치자마자 바로 넥서스 길드로 향했다.

다음 날까지 엠바고를 유지해 달라고 하기엔 아무래도 무리가 좀 있었으니까.

'사실 정부 기관이 내 말을 들어줄 의무는 없지.'

특히 정철민은 그렇다 쳐도 김종우가 가장 곤란할 것이다.

군에선 무슨 일이 생기든 우선적으로 상부에 연락하는 것이 먼저였으니.

이윽고 넥서스에 도착하자 긴급 호출을 받고 먼저 온 임원들이 보였다.

수호가 가져온 패드에 촬영한 인증 사진을 보여주며 말했다.

"아까 전화로 먼저 말씀드린 대로 오늘 저녁에 한국의 소재앙 중 하나로 분류된 봉인 게이트, '무명검'을 완전히 공략하는데 성공했습니다. 이게 그 증거 사진이고 사진 속에 함께 촬영된 사람들은 협회 관계자와 스퀘어 책임자, 김종우 소령입니다."

그 말에 모두의 입이 쩍 벌어졌다.

특히 배동혁이 가장 황당해했다.

전화로 미리 들어 알고는 있었지만 막상 사진을 실제로 보니 어이가 없었기 때문.

그도 그럴 게 배동혁은 당장 오늘 낮에 봉인 게이트를

수주받았다고 전해들었으니까.

그런데 그 봉인 게이트를 수주받은 지 몇 시간도 되지 않아 완료했다는데 안 놀랄 사람이 어디 있을까?

심지어 이렇게 인증 사진까지 제출하는데 말이다.

이어서 수호가 함께 온 조진휘를 소개하며 말했다.

"그리고 함께 오신 이분은 제 전속 기자님이신 PBS의 조진휘 기자님이십니다. 이분과 같이 가서 촬영했으니 합성 같은 건 의심 안 하셔도 됩니다."

"조진휘입니다."

명함을 내밀며 신분을 인증하는 그.

조진휘가 명함을 내밀자 배동혁이 손을 내저으며 말했다.

"아, 아니 합성 같은 건 애초에 의심도 안 했습니다. 근데…… 대체 어떻게 하신 겁니까?"

"어떤 걸요?"

"전부 다 말입니다. 어떻게 봉인 게이트 수주를 받았고 여긴 또 어떻게 공략하신 겁니까? 그것도 단 몇 시간만에요. 안수호 헌터도 알지 않습니까, 여기서 죽은 플레이어만 200명이 넘는다는 걸요."

난 또 뭐라고.

그 물음에 수호가 대수롭잖다는 듯 대답했다.

"글쎄요. 봉인 게이트 수주는 협회장을 직접 만나 허락받을 수 있었고 봉인 게이트의 공략법은 그냥 들어가서 죽였습니다.”

“네?”

“사실입니다. 더 꾸미고 말고 할 말 자체가 없습니다. 있는 그대로 말씀드린 거니까요.”

“허, 참…….”

사실이긴 했다.

괜히 업적을 부풀린다고 말을 덧붙일 만한 사항도 아니었고 애초에 수호의 성격도 그런 성격이 아니었으니까.

그렇기에 수호는 바로 본론을 이야기했다.

“그럼 제 능력도 증명된 것 같으니 바로 계약서 작성하실까요? 페이나 이런 건 알아서 설정해 주시고 제 조건은 딱 두 가지입니다. 제가 넥서스에 있는 동안 저를 전폭적으로 지원해 주실 것. 그리고 나머지 하나는 제가 공채시험에 응시하고 합격할 경우, 전속 계약을 해지시켜 주실 것. 아, 참고로 협회장님한테도 미리 말해 두었습니다. 이미 많은 대형 길드에서 컨택이 들어 왔지만 이런 조건을 내거는 곳이 있다면 그 길드에 들어가 잠시 실무 경험을 쌓고 오겠다고 말입니다.”

“…….”

배동혁이 사기 칠 사람은 아니었지만 그래도 길드 관계자 입장에선 혹시 모르니까.

수호의 말에 배동혁이 조용히 말했다.

"……사무장, 서류 좀 가지고 오게."

"예, 대표님."

그렇게 수호의 넥서스 길드 가입이 이뤄지는 순간이었다.

계약이 끝났다.

기타 절차나 다른 안내 같은 건 다음 날 듣기로 하고 두 사람은 일단 길드를 나섰다.

시간도 늦었고 더 이야기를 나누기엔 조진휘가 너무 피곤할 것 같아서였다.

그렇기에 수호와 조진휘는 바로 카이저 청담으로 돌아갔다.

이번에도 운전대를 잡으려는 조진휘에게 수호가 말했다.

"제가 운전하겠습니다."

"아닙니다, 제가 해야죠."

"기자님이 제 매니저도 아닌데 늘 얻어 타고 다닐 수만은 없잖아요."

"매니저 맞는데요?"

"네?"

"아니, 사실 그렇잖아요. 이렇게 주기적으로 단독 보도 자료를 배급해 주시는데 염치가 있으면 매니저 노릇이라도 해야죠. 전 정말 괜찮습니다. 맨날 페라리 몰다가 세단 모니까 편하네요. 그냥 저도 이참에 세단이나 타고 다닐까 봐요."

그 말에 수호가 피식 웃었다.

"저도 세단이 편한 것 같네요. 그나저나 오늘 하루 종일 회사 안 가셨는데 계속 자리 비우셔도 돼요?"

"그런 걱정일랑 안 하셔도 됩니다. 오늘만 해도 건진 특종이 몇 갠데 누가 감히 뭐라고 하겠습니까."

"하긴 그것도 그렇겠네요."

보기 좋다.

애초에 수호가 바라는 그림이 이런 거였으니까.

그때, 운전하던 조진휘가 넌지시 물었다.

"그럼 기사 순서는 일단 봉인 게이트 공략부터 터뜨리겠습니다. 순서로 따지면 넥서스 가입부터 터뜨리는 게 맞긴 합니다만 정부의 엠바고가 언제까지 유지될진 모르잖아요."

"그것도 그렇죠. 편하신 대로 하세요."

"그럼 전 바로 다시 회사로 가야겠네…… 저기 근데요. 수호 씨."

"네?"

"사실 저도 물어보고 싶었던 거긴 한데 어떻게 무명검 게이트 공략을 그리 확신할 수 있으셨어요?"

"아, 그거요?"

사실 조진휘도 계속 물어보고 싶었던 거긴 했다.

배동혁 대표의 물음에는 그냥 죽였다 정도로만 답했지만 조진휘에게까지 그럴 수는 없었으니까.

'조진휘한테 말해 주는 건 전부 다 보도기사의 디테일이 될 텐데 좀 더 자세히 말해 줄 필요가 있지.'

수호가 말했다.

"무명검 안에 검황이 있잖습니까?"

"예, 이름 없는 검사요."

"그 친구의 명성은 익히 들어 알고 있었습니다. 스킬 사용으로 모든 플레이어들과 강제로 칼싸움을 하게 만든다고요. 그래서 많은 이들이 죽은 거고 그중의 상당수가 검사 플레이어란 것도요. 그래서 자신이 있었습니다."

"그래서 자신이 있었다뇨?"

"같은 조건에 칼싸움이면 제가 무조건 이길 것 같았거든요. 아시다시피 제가 치유사긴 하지만 메인은 검술이잖아요?"

"……고작 그게 이유의 전부라구요?"

"그럼요?"

"아니…… 아무리 그래도 상대는 200명을 넘게 죽인…… 심지어 그중에는 랭커급 검사도 있었어요. 수호 씨도 아시잖아요? 근데도 전혀 겁이 안 나시던가요?"

"랭커급 검사면 뭐 합니까. 어차피 검황의 스킬 효과로 상태창을 그대로 복사해서 피지컬 자체는 같은 상태일 텐데. 검황의 핵심 공략법은 오직 검술에만 있습니다. 아이템 효과나 스킬에 휘둘리지 않고 순수하게 검술 실력이 얼마나 뛰어난지가 핵심이에요. 전 거기에 주목했고 제 실력을 믿었을 뿐입니다."

"혹시 검술 스킬이 있으십니까?"

"있죠. S급으로. 심지어 창조 스킬이라 저밖에 안 가지고 있습니다."

그 말에 조진휘의 눈이 또 한 번 땡그랗게 커졌다.

"S급요?! 그건 또 언제 익히셨는데요?!"

"얼마 안 됐습니다. 근데 저 어디 도망 안 가니 천천히 물어보셔도 됩니다. 어차피 보도는 주기적으로 순서대로 풀어야 떡밥이 안 식고 사람들이 열광하지 않겠습니까. 궁금한 건 다 말씀드릴 테니 언제든 물어보세요."

"하…… 수호 씨는 진짜 저를 미치게 만드시는 재주가 있으시네요. 제가 남자한테 이렇게 안달 나서 흥분하는 날이 다 오다니…… 왜 사람들이 아이돌이나 가수 덕질을 하는지 알 것 같습니다. 사실 전 그 사람들을 이해하지 못했거든요."

"아휴, 뭘 또 그렇게까지."

"정말입니다. 그래서 말인데 이 자리를 빌어 저한테 가장 먼저 전화 주셨던 거 다시 한 번 더 감사드립니다. 그리고 바로 안 믿었던 부분에 대해서도 사과드릴게요."

"하하, 아닙니다."

충성충성하는 조진휘.

조진휘는 이내 카이저 청담 앞에 수호를 내려 준 뒤 바로 회사로 향했다.

덕분에 편하게 집에 도착한 수호는 자연스럽게 소파에 몸을 뉘일 수 있었다.

'하루가 길군.'

게이트 공략 자체는 피곤하지 않다.

다만 장거리 이동이 힘들 뿐.

이건 스탯 넘치는 플레이어가 되어도 여전히 힘든 것이었다.

수호는 잠시 눈을 붙였다 뜬 후 바로 상태창을 확인해 보았다.

[안수호]

- Lv : 52
- 클래스 : 치유사
- 특성 : 뉴블러드
- 근력(R) : 14
- 체력(R) : 14
- 마력(R) : 14
- 감각 : 96
- 보너스 스탯 : 7

보너스 스탯이 7개나 쌓였다.
그것을 본 수호가 웃었다.
무슨 복리의 마법도 아니고 잠깐만 확인 안 해도 이리 쌓이니 꼭 보너스 스탯이 복사가 되는 것 같다.
수호는 예정대로 감각 스탯에 우선 4개를 투자해 100을 만들었다.
[감각 스탯이 100이 되었습니다.]
[감각 스탯이 한층 더 성장합니다.]
[축하드립니다! 감각 스탯의 레벨이 올라 레드 등급이 되었습니다!]
드디어 마지막 남은 감각 스탯까지 레드 등급이 되었다.
그리고 네 번째 스탯까지 레드 등급이 되자 시스템은 또 하나의 알림을 알려왔다.
[모든 스탯 등급이 레드 등급이 되었습니다.]
[특전으로 통일 효과가 부여됩니다.]
[남은 보너스 스탯을 모두 사용하여 모든 컬러 스탯의 수치를 통일합니다.]
[스탯 정보가 변동되었습니다.]
그것은 바로 통일 효과에 대한 것이었는데 수호는 갱신된 상태창을 바로 확인하였다.

[안수호]

- Lv : 52
- 클래스 : 치유사
- 특성 : 뉴블러드
- 근력(R) : 14
- 체력(R) : 14
- 마력(R) : 14
- 감각(R) : 14
- 보너스 스탯 : 0

갱신된 상태창을 본 수호는 짜릿함을 느꼈다.

컬러 통일 효과 덕분에 고작해야 보너스 스탯 3개를 사용해 무려 감각을 11개나 더 올릴 수 있었으니까.

'통일 효과는 오직 모든 스탯이 같은 색일 때만, 그리고 컬러 스탯 중 딱 하나만 부족해 통일을 앞두고 있을 때만 받을 수 있는 특전이지.'

그래서 통일 특전은 받기가 참 어렵다.

맞춰야 되는 조건도 많았고 설령 모든 조건이 충족된다 하더라도 비용으로 써야 할 보너스 스탯이 하나도 없다면 특전 자체가 발동되지 않았으니까.

'이런 걸 히든 특전이라고 부르지.'

상태창 정리까지 마친 수호는 그제야 휴식을 취할 수 있었다.

수호는 가볍게 샤워를 하고 나온 후 이제는 메인이 된 서브폰을 확인했다.

그러자 조진휘에게 연락이 와 있었는데 무명검 공략 기사가 보도되었다는 연락이었다.

'반응이나 한번 볼까?'

수호는 거실의 노트북을 켰다.

그러자 인터넷 뉴스는 물론이고 유튜브부터 각종 SNS, 그리고 온갖 커뮤니티에 자신의 이야기로 싹 다 도배가 되어 있는 걸 볼 수 있었다.

- ㅅㅂ 안수호 대체 뭐냐?

- 아니, 도전의 탑 공략한 지 얼마나 됐다고 이번엔 봉인 게이트를 공략함?

- 와, 검황을 대체 어떻게 잡은 거지?

- 나 예전에 검황한테 한번 도전한 적이 있는데 검황은 진짜 무친놈이다…… 근데 그런 검황을 잡았다는 건……

ㄴ 근데 이 새끼 왜 살아 있냐?

ㄴ 무명검은 중간에 탈출 가능한 게이트임.

ㄴ ㅇㅎ

- 그럼 이제 안수호가 검황이냐?

- ㅅㅂ 검황 잡았다고 검황이냐, 검황보다 더 높은 존재

가 되는 거지.

- 검황 위에 뭐가 있냐?

- 글쎄…… 검신?

- ㅅㅂ 그래 검신이다.

- 검신 안수호 ㄷㄷ 근데 검신 레벨 몇이냐? 아직 100도 안 되지 않음?

- 레벨이 중요하냐? 실력이 중요하지. 넌 나이 많다고 다 대우해 주던?

ㄴ그건 맞지

ㄴ그것 맛집

- 안수호 그는 신이야. 안수호 그는 신이야. 안수호 그는 신이야. 안수호 그는 신이야. 안수호 그는 신이야. 안수호 그는 신이야. 안수호 그는 신이야……

- 엄마! 나는 커서 안수호가 될래요! 엄마! 나는 커서 안수호가 될래요! 엄마! 나는 커서 안수호가 될래요! 엄마! 나는 커서 안수호가 될래요!……

- 근데 얘는 어쩌다가 대형 길드도 입찰이 힘든 봉인 게이트를 들어갈 수 있었던 거냐? 무명검 지금 나라에서 관리 중이지 않음?

- 도전의 탑도 공략했으니 정부에서 특별 기회 같은 걸 주지 않았을까?

- 대헌협에 문의 ㄱㄱ

ㄴ바로 간다.
ㄴ문의 딱대.

여론이 대체로 좋다.

어찌 보면 당연했다.

아직은 구설수에 휘말리거나 소위 말하는 '까'가 만들어진 이유는 없었으니까.

'그래도 빠가 생기면 까도 생기기 마련이지.'

까가 생기는 건 금방이라고 생각했다.

세상 사람들은 마냥 착하지만은 않은 게 현실이었으니까.

그런 이유로 수호는 꺼 두었던 메인폰을 다시 켰다.

그러자 밀려 있던 연락들이 주루룩 쏟아졌는데 수호는 대충 그것을 둘러보던 끝에 유난히 많은 연락이 찍혀 있는 사람을 하나 볼 수 있었다.

다름 아닌 업계 1위라 알려진 '헥사곤'의 스카우터, '박평식'이었다.

'이 아저씨도 참 꾸준하네.'

당연했다.

그의 입장에선 그 누구보다 빠르게 안수호라는 보석을 발견해 스카웃을 진행하려고 했으니까.

그런데 고작해야 신인 기준에서 최고 조건으로 스카웃하려 했으니 자신의 선택에 얼마나 큰 후회를 했겠는가.

그래서 어떻게든 후회를 만회하기 위해 거의 하루 종일

수호의 연락에만 매달리고 있는 상황.

그래도 안 되는 건 안 되는 거였다.

'아저씨 능력이 좋은 건 알지만 다음에 기회가 있으면 같이 일합시다.'

수호는 다시 메인폰의 전원을 껐다.

그런데 그때 수호의 서브폰에 전화가 왔다.

발신자를 확인해 보니 반가운 번호였다.

수호가 전화를 받으며 말했다.

"그래, 잘 지냈니?"

- ……되게 여유가 넘치시네요?

목소리의 주인.

다름 아닌 밴시의 수장, 구연화였다.

그녀는 수호의 기사를 보자마자 수호에게 전화를 한 것.

"그래서, 대답은?"

- 일단 좀 만나죠.

"굳이? 난 대답만 들으면 되는데?"

직접 만나 주는 건 한 번이면 족했다.

계속 맞춰 주다 보면 저쪽에서 주도권을 쥐고 있다는 착각을 하게 되는데 수호는 별로 그런 그림을 원치 않았다.

그래서 이참에 선을 확실히 하려는 것.

자신은 있었다.

이만큼이나 능력을 증명했는데 어느 쪽이 아쉬운지는

안 봐도 뻔했으니까.

구연화가 대답했다.

- 자신감이 넘치시네요? 저희 아직 그쪽 제안 수락 안 한 거 알죠?

"싫으면 말든가."

- 네?

"나 하나도 안 아쉬워. 싫으면 말아."

- 아니 갑자기 왜…….

"근데 그건 알아야 할 거다. 나랑 척져서 과연 좋을 게 있을까? 난 얼마든지 너희를 또 잡을 수 있어."

그 말에 구연화는 얼마간 말이 없더니 이내 입을 열었다.

- 후…… 그래서, 우리가 이제부터 뭘 하면 되죠?

그 말에 수호가 입꼬리를 올렸다.

고분고분한 맛은 없지만 어쨌든 서열 정리는 확실하게 됐다.

그녀의 물음에 수호가 대답했다.

"오늘은 날이 늦었고 내일 보자. 점심쯤에 파주에 있는 넥서스 아카데미, 어때?"

- 우리들 전부 다요?

"그럼?"

- 그건 좀 곤란해요. 팀원 중에 둘은 직장인이라 내일 낮은 좀 힘들어요. 저도 강의가 있고.

"그래서? 복수보다 현생이 중요하면 그냥 그렇게 살아. 내가 너희의 절박함을 잘못 봤나 보지."

- ……하! 알겠어요. 내일 점심에 넥서스 아카데미. 그때 봐요.

"그래."

수호가 큭큭 웃으며 통화를 종료한다.

다음 날 넥서스 아카데미.

수호는 약속 시간보다 1시간 정도 일찍 와서 앞으로의 길드 활동에 대한 설명과 출입증 등을 받을 수 있었다.

"이건 넥서스 최고 등급 길드원인 S급 길드원에게만 지급되는 블랙카드입니다. 블랙카드를 소지하고 계시면 넥서스 소속의 모든 시설을 이용하실 수 있으며 비용 또한 청구되지 않습니다. 그리고 이건 법인카드의 기능도 하고 있기 때문에……."

과연 넥서스.

본사가 아니라 아카데미로 왔는데도 일 처리를 수월하게 해 주었다.

심지어 김수애가 직접 해 주었다.

설명이 끝난 후 수호가 말했다.

"그럼 말씀드린 대로 한동안 아카데미 트레이닝 룸 좀 쓰겠습니다."

"알겠습니다. S급 전용이니 오며 가며 다른 사람들 마주치실 일은 없으실 거예요. 말씀하신 게스트 카드도 준비해 놓겠습니다."

"감사합니다."

"저…… 그런데요 수호 씨."

"네?"

"이건 좀 다른 이야긴데 혹시 수호 씨만 괜찮으면 강대한 헌터 좀 만나 주실 수 있으실까요?"

"강대한 헌터요?"

"네. 자신을 가르쳤던 사람이 수호 씨라는 걸 알게 된 후부터 꼭 한번 만나 뵙고 싶다고 성화라서…… 근데 이젠 수호 씨가 저희 넥서스 소속이니 이렇게 부탁을 드려 봅니다."

그렇군.

그 친구가 있었지.

나 자신과 밴시에만 신경 쓰다 보니 잠시 잊고 있었다.

그렇기에 수호도 흔쾌히 허락했다.

그는 미래가 유명한 탱커였으니까.

"저야 영광이죠. 제가 트레이닝 룸에 있는 동안 방문 주시면 언제든 만날 수 있다고 말씀 좀 전해 주시겠어요?"

"아, 네. 감사합니다, 수호 씨."

"아닙니다."

수호자 강대한.

미래에 붙을 별명이긴 했지만 같은 넥서스 소속이면 미리미리 핸들링 해 두는 편이 좋다.

인재가 근처에 있는데 썩힐 이유는 없었으니까.

대화를 마친 수호가 트레이닝 룸으로 향한다.

과연 넥서스.

국내 최대 규모답게 S급 전용 트레이닝 룸도 협회의 것과는 비교도 되지 않게 훌륭했다.

그곳에는 수호의 요청대로 가상현실 접속기기들이 다수 구비되어 있었고 분석을 위한 컴퓨터부터 각종 시뮬레이터 기계들이 마련되어 있었다.

'미래의 것과 비교하면 좀 구식이긴 하지만 그래도 현재 시점에서 최고 스펙들이지.'

특히 가상현실 기기 '인피니티'는 현재 시점에서 최고의 기술력을 가진 상품이었다.

수호는 기억을 더듬으며 기기들의 조작법들을 떠올렸다.

그리고 이내 기계들을 능숙하게 작동시킬 수 있었다.

당연했다.

전생의 수호는 대헌협에서 순환근무로 각종 업무를 경험해보았으니까.

그렇게 기다리길 얼마간, 마침내 4명의 밴시가 트레이닝 룸에 모습을 드러냈다.

네 사람을 본 수호가 사람 좋아 보이는 미소를 지으며 말했다.

"어서 와, 오랜만이네."

"네, 뭐. 근데 여긴 왜 오라고 하신 거예요?"

구연화가 대표로 문답한다.

그런데 제안을 수락한 사람치곤 여전히 말투가 조금 까칠했다.

'그래도 경어체를 사용하고 있다는 것 자체에 의미를 둬야겠지.'

더 깊은 친분은 차차 쌓아 가면 되는 거니까.

수호가 말했다.

"내 제안을 받아들이기로 했으면 앞으로의 계획에 대해 논의도 할 겸 너희들 개개인에 대한 트레이닝이 좀 필요할 것 같아서."

"트레이닝요?"

"우선 이거부터 작성해."

수호가 그들에게 패드를 내밀었다.

거기엔 각자의 개인정보…… 예컨대 상태창이나 보유스

킬 목록 등을 적는 화면이 띄워져 있었다.

"상태창을 적으라구요?"

"어, 너희들에 대해 알아야 맞춤 트레이닝을 하지. 그러니까 정확하게 적어. 그래야 설계를 할 수 있으니까."

"그게 무슨……."

"뭘 이제 와서 놀란 척이야? 내가 말했잖아. 난 대헌협 특수부로 들어갈 거고 내가 특수부에 있는 동안 외부에서 내 손발이 되어 줄 사람들…… 즉 그림자가 필요하다고. 설마 내가 아무나 그림자로 쓸 줄 알았어?"

"그건 아니지만……."

"그럼 일단 작성부터 해. 플레이어 정보는 본인 외엔 열람이 불가능하니까 가능한 솔직하게 적어. 이런 건 믿음으로 가야 편해. 나도 내 비밀을 너희들한테 오픈했잖아?"

구연화는 몇 번이나 봤다고 믿음 운운하냐고 따지고 싶었지만 이내 관두었다.

사실 여태껏 보여준 것들만 놓고 보면 자신들보단 수호가 훨씬 더 믿음직스러웠으니까.

'게다가 잃을 게 있다면 유명세를 타기 시작한 본인이 더 잃을 게 많을 테니.'

그렇기에 네 사람은 서로 시선을 교환한 뒤 솔직하게 정보를 작성하기 시작했다.

이윽고 수호의 휴대폰에 설치된 앱으로 그들의 정보가

취합되어 전송됐고 수호가 그들의 정보를 열람하며 고개를 끄덕였다.

'역시 아직은 전부 50레벨 미만이군.'

다행이었다.

이렇게 되면 이들의 특성은 자신이 원하는 대로 설계가 가능했으니까.

수호가 말했다.

"파악은 이 정도면 됐고 일단 트레이닝 룸에서 보자. 다들 실기 시험 때 써 봐서 익숙하지? 캡슐은 알아서들 골라서 누워. 전송지는 설정해 두었으니까."

수호의 지시에 네 사람 모두 캡슐에 눕는다.

이윽고 수호를 비롯한 밴시 모두 수호가 설정한 가상현실에서 눈을 뜰 수 있었다.

그곳은 사방에 파란 하늘과 구름이 걸린 어느 산 꼭대기였는데 주변을 둘러보며 감탄하는 밴시들에게 수호가 말했다.

"곤륜에 온 걸 환영한다. 너흰 앞으로 틈날 때마다 여기서 수련하게 될 거야."

곤륜.

그게 이곳의 이름이었다.

이곳은 과거, 수호가 공략했던 게이트들 중 하나를 모티브로 하여 수호가 직접 만든 커스텀 공간으로 앞으로 밴시들이 죽어라 구를 훈련 장소이기도 했다.

구연화가 물었다.

"근데 무슨 수련이요?"

"무슨 수련이긴. 당연히 싸움 수련이지. 너희 넷은 각자 포지션을 나눠 전문성을 확보해 소수정예 테러 조직을 표방하고 있지? 근데 현재 그 실력으로는 얼마 안 가 특부수한테 붙잡힐걸? 특수부가 어떤 곳인데 그런 얄팍한 실력에 놀아나겠어?"

"계획이 완벽하면……."

"완벽? 나한테도 들킨 주제에 완벽은 무슨. 세상에 완벽한 범죄는 없어. 특히 이능력자가 판치는 세상인 지금은 더더욱이. 그러니 너희들은 개인의 전문성도 전문성이지만 자기 몸 하나는 앞가림할 수 있을 만큼 성장해야 한다. 아니, 더 나아가 동료를 지킬 수 있을 만큼 말이야."

수호가 손가락을 튕겼다.

그러자 그들의 앞에 수많은 종류의 검들이 떠올랐다.

"골라 잡아, 너희들의 첫 번째 목표는 일단 기본 무기술의 연마와 인간 본연의 두려움부터 제거하는 거니까."

"근데 왜 하필이면 검이에요?"

"요즘 나한테 붙은 별명이 뭔지 알지?"

"……검신요?"

"잘 아네. 뛰어난 검술 스승이 코앞에 있는데 설마 다른 무기를 배우려고 했어?"

그 말과 함께 수호도 손가락을 튕겼다.

그러자 수호의 손아귀에 연습용 검이 한 자루 생겨났다.

"그런 의미에서 여기서 스킬 사용은 금지다. 어차피 내가 미리 조정해서 못 쓰지만 미리 알아 두라고 하는 말이야. 그러니 알아들었으면 최선을 다해 날 죽일 수 있도록. 그게 너희들의 첫 번째 목표다. 자, 그럼 이제 시작."

그 말과 함께 수호가 천천히 그들을 향해 걸어갔다.

그러자 네 사람은 서로 시선을 교환하더니 황급히 검을 움켜쥐기 시작했다.

그리고 네 사람 모두 검을 손에 쥔 순간, 수호는 천천히 걷던 보폭을 빠르게 교차하며 순식간에 네 사람 앞에 도달했다.

그리고 검을 휘둘렀다.

서걱!

날카로운 절삭음.

동시에 김현민과 곽두호의 목이 공중으로 치솟았고 구연화와 서교원의 눈이 휘둥그레 커졌다.

수호가 말했다.

"놀랄 시간이 있어?"

그리고 나머지 두 사람도 베었다.

그러자 두 사람의 목까지 바닥을 나뒹굴었고 네 사람 모두 죽자마자 시체와 핏물이 사라지더니 네 사람 모두 허공에 재소환되어 엉덩방아를 찧었다.

"아으……."

엉덩이 통증에 구연화가 입술을 문다.

그러다 이내 정신을 차리고 자리에서 벌떡 일어났다.

다른 사람들도 마찬가지였다.

수호가 말했다.

"다들 실기 때 한 번씩 죽어 봐서 그런지 완전히 얼타지는 않네. 그럼 또 간다."

이후, 수호는 쉴 새 없이 그들을 베었다.

목을 벨 때도 있었고 정수리부터 쪼갤 때도 있었으며 어떨 땐 허리를 베거나 사지를 잘라 버릴 때도 있었다.

하지만 그런 수많은 죽임 속에서도 밴시들이 가장 힘들어했던 건.

"그렇게 해 가지고 복수하겠냐?"

"우리 할머니가 너보단 빠르겠다."

"낮에는 택배회사서 일한다고 하지 않았냐? 근데 움직임이 왜 이래? 택배가 아니라 할배였던 거 아냐?"

"중학교 선생이라더니 네가 가르치는 중학생들보다도 느리면 어쩌자는 거야?"

바로 밴시들의 정신을 자극하는 수호의 더티 토크였다.

일부러 자극했다.

그래야 말초신경이 자극되어 미친 듯이 자신한테 덤빌 테니까.

그리고 아니나 다를까 수호의 더티 토크에 밴시들은 분노하며 발악했다.

야수처럼 달려드는 그들을 보며 수호가 뿌듯함에 고개를 끄덕였다.

'그래, 이 정도 정신력은 갖추어야 게이트 안에서도 안 얼어 있지.'

수호는 밴시들을 정말로 자신의 그림자로 키울 생각이었다.

하지만 그들이 그림자라고 해서 조용히 음지에서 정보 수집이나 첩보 활동만 시킬 생각은 추호도 없었다.

이들은 훗날 특수부를 상대해야 하기도 했지만 수호를 대신해 몇 개 게이트 정돈 알아서 처리할 수 있어야 했기 때문.

그렇기에 수호는 밴시들을 그 누구보다 강한 '전사'들로 만들 생각이었다.

'전사 되는 법이 따로 있나. 죽을 때까지 굴리면 그게 전사지.'

그렇게 몇 시간이나 지났을까.

수호가 말했다.

"시간 되면 알아서 로그아웃될 테니까 그때까지 열심히 수련해라."

마음 같아선 이들이 제대로 된 전사가 될 때까지 함께 있어 주고 싶다.

그러나 그러기엔 수호의 몸은 하나뿐이었고 해야 될 일들이 너무 많았다.

그래서 인피니티를 이용한 것.

그도 그럴 게 인피니티의 수련 기능들 중 하나인 '모션 딥러닝'을 활용하면 그동안 인피니티에 누적된 수호의 움직임을 토대로 한 '수련용 아바타'를 만들 수 있기 때문.

수호가 작별 인사 후 로그아웃하자 수호를 대신하여 수호와 똑같은 생김새의 수련용 아바타가 소환되어 나타났다.

수호의 아바타가 검을 치켜들며 말했다.

"뭘 봐, 쓰레기들아? 쳐다볼 시간 있으면 얼른 덤비기나 해."

밴시들의 분노가 한 번 더 폭발하는 순간이었다.

'자, 밴시들 트레이닝은 이 정도면 됐고.'

로그아웃한 수호가 캡슐에서 나온 순간이었다.

타이밍 좋게 걸려 온 전화.

김수애였다.

"예, 원장님."

- 수호 씨, 다름이 아니라 어제오늘 말씀드렸던 대로 약 한 시간 전쯤에 수호 씨 입단 소식 오피셜 기사로 나갔다고 확인차 연락드렸습니다.

"네, 조진휘 기자 통해서 나간 거죠?"

- 네, 조진휘 기자님이 먼저 단독보도 하시고 저희 홍보팀에서 홍보자료 뿌리기 시작했습니다.

"잘됐네요. 그럼 슬슬 후속 보도자료도 준비할까요?"

- 벌써요?

"지금쯤 사람들 야유가 장난 아닐 겁니다. 헌터 시험 직후에 공무원 헌터가 꿈이라고 했는데 갑자기 민간 길드에 들어왔으니 분명 악플들이 숱하게 쏟아지겠죠."

- 에이, 그래도 끝까지 가면 여론은 전부 수호 씨 편이 될 텐데 설마 사람들 반응 신경 쓰시는 거세요?

말 그대로였다.

당장은 연말에 치를 5급 공채에 응시한다고 따로 발표하지 않았다.

그냥 이해관계가 맞아 넥서스에 입단했다고만 말했을 뿐.

이유?

별것 없다.

좋게 말하면 화제성이었고 속되게 말하면 어그로 때문이었다.

좋은 사실이든 나쁜 사실이든 어쨌든 수호에게 필요한 건 사람들의 숱한 관심이었으니까.

물론 아예 발표 안 할 생각은 아니다.

다만 타이밍을 재고 있을 뿐.

김수애가 물었다.

- 그래도 수호 씨 뜻이 그렇다면야, 그럼 후속 보도자료는 뭐로 준비하면 될까요?

"봉인 게이트 도전."

- 네?

"전 오늘 바로 두 번째 봉인 게이트 공략에 나설 겁니다."

그 말에 김수애가 깜짝 놀랐다.

- 오, 오늘요?

"예, 쇠뿔도 단김에 빼라고. 오늘 도전할 생각입니다."

김수애는 너무 놀라 순간 아무 말도 하지 못했다.

봉인 게이트가 애들 장난도 아니고 이게 말이나 된다고?

그러나 수호는 진심이었다.

"자세한 건 이따 정리되는 대로 말씀드리겠습니다. 그럼 전 조진휘 기자님한테 전화해야 해서 이만."

수호는 통화를 종료한 뒤 바로 조진휘에게 전화를 걸었다.

- 예~ 안 프로님.

전화기 너머로 들려오는 능글능글한 목소리.

그의 목소리에선 여유가 넘쳐났다.

수호가 피식 웃으며 물었다.

"갑자기 웬 프로요?"

- 우리 사이에 헌터님보단 프로가 좀 더 정겨워 보이지 않겠습니까, 그나저나 무슨 일이십니까?

"넥서스 입단 기사 내셨다면서요?"

- 네네, 근데 반응이 너무 늦으신 거 아닙니까? 기사 나간 지가 언젠데요.

"개인적인 일 때문에 잠시 휴대폰을 못 봤습니다. 그래서 좀 전에 김수애 원장님한테 말씀 듣고 바로 전화드린 겁니다."

- 그렇군요. 그나저나 예상대로 반응이 아주 뜨겁습니다. 그래서 말인데, 요 며칠은 휴대폰을 안 보시는 걸 추천드립니다.

"악플 때문에요?"

- 그쵸. 공무원 헌터가 꿈이라고 했다가 바로 넥서스 길드에 입단해 버리셨으니 아무래도 여론의 반감이 좀 있긴 합니다. 그래도 그리 많지는 않아요. 끽해야 40% 정도?

40%.

생각했던 것보단 적은 수치다.

수호는 70% 정도가 반감을 가질 줄 알았으니까.

"생각보다 적네요."

- 네, 근데 전 이것도 얼마 못 간다고 봅니다. 사실 댓글 분위기 보시면 아시겠지만 다들 인정하는 분위기예요. 수호 씨가 좀 능력 있는 게 아니잖아요? 애초에 대헌협 이미지가 그리 좋은 곳도 아니고 게이트 종식이 목표라면 충분히 민간 길드에서도 할 수 있다는 게 전반적인 여론이죠.

"그렇게 생각해 주면 저야 고맙죠. 하지만 이런 분위기일 때 제대로 쐐기를 박아 놔야 여론 전체를 제 편으로 만들 수 있지 않겠습니까."

- 그렇긴 하죠? 그럼 뭐, 혹시 준비하신 거라도……?

"바로 후속 보도 준비하시죠. 타이틀은 두 번째 봉인 게이트 도전."

- 크……!

그 말에 조진휘가 짜릿함에 주먹을 꽉 쥐었다.

- 역시 안 프로님은 어떻게 제 기대를 조금도 저버리지 않으시는 건지…… 역시 멋지십니다. 안 프로님 리스펙!

"하하, 아닙니다. 이 화력을 이어 가려면 얼른 후속 보도 내는 게 좋을 테니까요. 그리고 이제 넥서스에 입단도 했으니 넥서스 이름값도 좀 올려 줘야 되지 않겠어요?"

- 백번 천번 옳으신 말씀입니다. 그래서, 이번엔 어디 게이트에 도전하실 생각이십니까?

"절망의 늪에 도전할 생각입니다."

- 절망의 늪이요? 설마 제가 아는 그 절망의 늪?

"예, 그렇습니다."

절망의 늪.

그곳은 정부에서 관리하는 봉인 게이트들 중에 하나로 봉인 게이트로 지정된 만큼 당연히 난이도도 S급이었다.

그리고 그곳의 사상자 또한 수백 명에 이르는데 난이도 자체는 무명검보다 절망의 늪이 더 높게 책정되어 있었다.

이유는 오직 하나.

'무명검은 중도 포기가 가능했지만 절망의 늪은 여태껏 살아 돌아온 이가 단 한 명도 없었으니까.'

시기를 따져 봤을 때 절망의 늪이 공략된 건 지금으로부터 약 10년 뒤다.

그리고 수호는 누가 절망의 늪을 공략하고 어떤 방식으로 공략해냈는지 잘 알았다.

그래서 절망의 늪을 택한 것이다.

현재 전 세계를 모두 뒤져도 절망의 늪을 공략할 수 있는 사람은 오직 나 혼자뿐이었으니까.

수호가 말을 이었다.

"무튼 후속 보도는 그렇게 내주시면 될 것 같습니다. 자세한 건 기자님이 넥서스 홍보팀에 설명 좀 해 주세요. 제가 기자님한테 먼저 말씀드린다고 아직 말 안 했거든요. 그럼 전 이만 절망의 늪 입장권 문제 때문에 먼저 전화를 좀 끊겠습니다."

- 아, 물론이죠. 그럼요, 당연히 그러셔야죠. 근데 이번에도 저랑 같이 가셔야 합니다? 준비 다 되면 불러 주세요?!

"예, 알겠습니다."

말을 마친 수호가 통화를 종료했다.

그런 다음 바로 정철민에게 전화를 걸었다.

"팀장님, 잠깐 시간 괜찮으세요?"

두 번째 봉인 게이트, '절망의 늪'의 입장권을 얻어 내는 것에는 별로 큰 힘이 들지 않았다.

"안수호 헌터가? 아, 당연히 줘야지!"

"정 팀장은 일머리가 그렇게 없나? 다른 사람도 아니고 안 헌터가 요청했으면 당연히 알아서 줘야 하는 거 아닌가?"

"다음에도 요청하면 최우선으로 내주도록 하게!"

혹시나 해서 결재받으러 간 건데 안 먹어도 될 쿠사리를 먹었다.

억울했다.

그래도 이게 정식 절차인데 말이다.

과거 회상을 마친 정철민이 축 늘어진 목소리로 말했다.

"……그런 이유로 이번 게이트도 공략하시는데 성공하

시면 앞으로 어떤 봉인 게이트든 스무스하게 입장하실 수 있을 것 같습니다."

"하하, 다 팀장님 덕분이죠."

인천의 영종도.

절망의 늪은 그곳에 있었다.

수호는 이번에도 조진휘의 차를 타고 이동했고 그곳에서 먼저 이동한 정철민과 스퀘어의 책임자, 그리고 넥서스에서 파견된 홍보팀들을 만날 수 있었다.

후속 보도는 이미 나갔다.

타이틀은, '넥서스의 안수호, 쉬지 않고 두 번째 봉인 게이트에 단독 공략 도전!'.

그 소식에 사람들은 열광…… 아니, 열광하다 못해 발광하거나 공중제비를 돌기 시작했다.

- ㅅㅂ 안수호 미친 거 아님?

- 혼자 봉인 게이트 깬 것도 모자라서 또 도전한다고?

- 야 ㅅㅂ 안수호 돈 때문에 넥서스 갔다고 욕한 새끼들 다 나오라고 그래! 돈 때문이든 뭐든 한국에 봉인 게이트 공략해 주는 헌터가 어딨냐 ㅅㅂ!

ㄴ 222222

ㄴ 3333333333

ㄴ 44444444444

- 난 욕 안 했다. 처음부터 믿고 있었다고.

- 쥐엔장, 검신! 너란 녀석은……!

- 이제부터 나와 검신은 하나다. 그러니 검신을 욕하는 사람은 나를 욕하는 것으로 간주하겠다.

- 안수호, 그는 신인가? 안수호, 그는 신인가? 안수호, 그는 신인가? 안수호, 그는 신인가? 안수호, 그는 신인가? 안수호, 그는 신인가?

- 엄마! 전 커서 안수호가 될래요! 엄마! 전 커서 안수호가 될래요! 엄마! 전 커서 안수호가 될래요! 엄마! 전 커서 안수호가 될래요! 엄마! 전 커서 안수호가 될래요!

- 안수호 진짜 징하다…… 아, 물론 어메이징!

- 수호야! 넌 효소 팔아도 내가 다 사 줄게 ㅅㅂ!

쏟아지는 뜨거운 환호.

그래.

그깟 말 좀 바꾼다고 뭐가 그리 대수일까?

이러한 현상은 헌터들에게 특히나 도드라지는 것이었는데 연예인들에겐 그 누구보다 엄중한 잣대를 들이대던 사람들이었지만 헌터들에게 만큼은 관대함을 보였다.

이유는 오직 하나.

헌터들은 그 목적이 어찌 됐든 자신의 목숨을 걸고 인류를 위해 싸우기 때문.

넥서스 홍보팀 직원들을 본 정철민이 수호에게 말했다.

"이렇게 보니 정말 넥서스에 입단하신 게 실감이 되네요."

"하하, 그러게요."

그때, 수호의 눈치를 보던 정철민이 목소리를 낮춰 조용히 물었다.

"그…… 혹시 그럼 넥서스랑은 저번에 협회장님한테 말씀하셨던 그런 조건들이 협의가 되신 건가요?"

불안한 목소리로 묻는 정철민.

정철민이 사실 확인을 하려는 이유는 간단했다.

보도된 기사들 중 수호가 연말에 있을 5급 공채에 도전한다거나, 그와 관련하여 계약 내용을 조정했다는 말이 안 보였기 때문.

그래서 다른 사람은 몰라도 적어도 그만은 안심시켜 주기로 했다.

수호가 웃으며 말했다.

"네, 계약 조건이나 자세한 사항은 일부러 공개하지 않았지만 그럼에도 팀장님께만 살짝 말씀드리면 그때 협회장실에서 나눴던 조건들이 거의 다 포함되어 있다고 보시면 됩니다."

"그럼……!"

"예, 연말에 있는 5급 공채는 무조건 응시할 겁니다. 아, 참고로 이거 비밀입니다? 저 팀장님한테만 말씀드린 거예요. 그러니 이 사실이 외부로 퍼지면……."

"아아, 물론이죠! 저 입 무겁습니다! 보세요, 이렇게 지

펴도 잠그지 않았습니까?"

수호의 입단속에 정철민이 얼른 검지와 엄지를 모아 입에 지퍼 채우는 시늉을 해 보인다.

그냥 한 말인데 참 귀엽다.

"그럼요, 전 항상 팀장님 믿죠. 자, 그럼 슬슬 한번 트라이 해 볼까요?"

더 지체할 것도 없다.

바로 공략에 나서기로 한 수호는 스퀘어 앞에 섰다.

그러자 이내 스퀘어 문이 열렸고 수호가 들어가자 조진휘와 홍보팀은 그 모습을 사진으로 찍더니 문이 닫히고 나서야 카메라를 내렸다.

카메라를 내린 홍보팀장이 곁에 선 조진휘에게 말했다.

"그…… 이번에도 공략해 내시겠죠?"

"그럼요. 전 믿습니다. 다른 사람도 아니고 안수호 헌터인데요."

"안수호 헌터님이 대단하신 건 알지만 참…… 이런 건은 볼 때마다 안 믿기고 마음이 졸여지네요."

그 말에 조진휘가 잠시 고민하더니 이내 입꼬리를 천천히 올렸다.

"그럼 홍보팀장님 마음 좀 편하시라고 가볍게 내기나 하나 할까요?"

"내기요?"

"예, 안 헌터님이 성공하실지 마실지에 대해서요. 전 성공한다에 100만 원 걸겠습니다."

그 말에 홍보팀장이 잠시 놀란 눈빛을 하더니 이내 은근한 어조로 말했다.

"흠흠…… 제가 내기는 또 거절 못 해서…… 아, 참고로 제 진심은 그런 게 아니지만 내기 때문에 어쩔 수 없이 반대쪽에 거는 겁니다. 그럼 전 실패한다에 100만 원 걸겠습니다."

"후후, 알겠습니다. 그럼 이제 상황실로 가서 잠시 쉬고 계시죠. 나올 때까지 계속 기다리고 있을 순 없지 않겠습니까?"

"그러시죠."

그렇게 두 사람이 발걸음을 옮겨 상황실에 도착한 순간이었다.

"……어?"

그때였다.

감시 카메라 화면을 지켜보고 있던 정철민의 미간이 좁혀졌다.

그러더니 자리에서 벌떡 일어나 화면에 얼굴을 들이밀더니 이내 도무지 믿기지 않는다는 표정으로 중얼거렸다.

"게이트 라인이…… 사라졌어?"

"……네?"

"그게 무슨 소리에요?"

그 말에 홍보팀장과 조진휘가 정철민을 밀어내고 카메라 화면에 바짝 다가갔다.

그런데 진짜였다.

게이트가 공략됐다는 증거인 게이트 라인이 사라지기 시작한 게.

그리고 얼마 지나지 않아 게이트 포탈이 사라졌고.

화악!

뿌려지는 밝은 빛.

게이트 포탈이 사라진 자리에 출구 포탈이 열리더니 그 안에서 수호가 모습을 드러냈다.

잘못 본 게 아니었다.

화면이 고장 난 것도 아니었다.

그렇다고 합성은 더더욱이 아니었다.

카메라 화면에 생생하게 재생 중인 건 다름 아닌 게이트에서 나온 '안수호'였다.

"미, 미, 미친?"

"들어간 지 얼마나 됐죠? 10분? 20분?"

"10분은 무슨! 아직 5분도 안 지났습니다!"

"근데 클리어했다고?!"

카메라 화면을 향해 손을 흔드는 수호.

그 모습에 스퀘어 책임자는 얼른 입구를 개방했고 상황

실 사람들은 부리나케 스퀘어 입구로 달려갔다.

그리고 정말로 볼 수 있었다.

마치 마실이라도 다녀온 사람처럼 가벼운 표정으로 게이트를 공략하고 온 수호를 말이다.

그로부터 약 5분 전.

수호는 스퀘어에 입장해 깔끔하게 정리가 된 내부를 거쳐 입구 포탈 앞에 도달할 수 있었다.

그리고 조금도 망설이지 않고 포탈에 발을 들였다.

[게이트에 입장합니다.]

[게이트 정보를 불러옵니다.]

[절망의 늪]

- 입장 조건 : 누구나.
- 최대 입장 인원 : 제한 없음.

심플하기 그지없는 입장 정보.

레벨 제한도, 인원 제한도 없는 이곳은 그동안 무명검보다 더 많은 사상자를 냈던 곳이다.

이유는 모른다.

여기서 살아 돌아온 이가 여태껏 단 한 명도 없었으니까.

'귀환이 가능한 곳인지 내부의 정체가 무엇인지 아무도 모르는 게 현재의 절망의 늪이지.'

허나 수호는 이곳에 무엇이 있는지, 이곳이 어떤 곳인지 잘 안다.

그렇기에 고민 없이 들어갈 수 있었던 것.

게이트에 입장하자 주변 풍경이 일순 바뀌더니 이내 커다란 동굴 내부가 나타났다.

그리고 그 앞에는 직선으로 된 위로 향하는 커다란 계단이 하나 보였는데 그 끝에는 찬란한 빛을 내뿜는 문이 하나 있었다.

그 문의 정체는 다름 아닌 바깥으로 향하는 '출구'.

쉽게 말해 저기에 들어가면 게이트가 클리어되는 것이었다.

'하지만 여태껏 그 누구도 이곳을 공략하지 못했지.'

수호는 찬란하게 빛나는 탈출문에서 시선을 내려 그 아래 펼쳐진 계단들을 보았다.

그리고 볼 수 있었다.

계단 곳곳에 자리하고 있는 기이한 형상의 석상들을.

그것은 망부석의 그것을 연상케 했는데 수호는 그것들의 정체를 알고 있었다.

'저건 단순한 조형물이 아니다. 저것들은 모두 절망의 늪에 도전했던 사람들이다.'

절망의 늪에는 몬스터가 없다.

아니, 정확히 말하면 출구 포탈까지 이어진 눈앞의 긴 계단이 게이트의 시련이었다.

절망의 계단.

그것의 정체를 아는 사람은 그것을 그리 불렀다.

'한 계단, 한 계단 디딜 때마다 사람들에게 끝없는 공포와 절망을 심어 주는 정신계 트랩이 설치된 아주 무서운 계단이지.'

그래서 이곳을 공략하는 방법은 강력한 정신 보호 스킬이나 관련된 아이템을 소지하는 수밖에 없다.

'그것도 최소 S급으로 말이지.'

그래서 이곳의 이름이 절망의 늪인 것이다.

늪은 잘못 발을 디디는 순간 끊임없이 빠져들어 결국 잠겨 죽고 마니까.

석상이 되어 굳은 이들도 다 그런 이유에서였다.

절망의 계단에 붙잡힌 이들은 한 발자국도 움직이지 못할 만큼 깊은 감정의 좌절을 느끼게 되니.

'뭐, 나한텐 아무런 소용 없는 것이지만.'

수호는 아랑곳하지 않고 첫 번째 계단 위에 발을 내디뎠다.

그러자.

슈아아!

일순 쿵! 하고 절벽에서 떨어지는 듯한 느낌이 들더니.

[절망의 계단을 밟으셨습니다.]

[깊은 절망이 당신에게 드리웁니다.]

예상대로 계단의 절망이 수호를 잠식하려 들기 시작했다.

그 순간.

[용혈이 발동됩니다.]

[드래곤 아머의 용인 효과에 의해 정신 오염이 진행되지 않습니다.]

시스템 알림창을 본 수호는 피식 웃었다.

그래.

내게는 용혈이 있다.

그 어떤 정신계 디버프에 대한 면역력을 가진 절대적인 면역 스킬, '용혈'이 말이다.

알림을 본 수호는 다시 한번 계단을 내디뎠다.

[절망의 계단을 밟으셨습니다.]

[깊은 절망이 당신에게 드리웁니다.]

[용혈이 발동됩니다.]

[드래곤 아머의 용인 효과에 의해 정신 오염이 진행되지 않습니다.]

같은 알림.

다음 계단도.

그다음 계단도 마찬가지였다.

수호는 마실 나온 사람처럼 가볍게 계단을 올랐다.

그 과정에서 수많은 석상을 보았고 계단 옆에는 통행을 방해하지 않기 위해 옆으로 밀려난 석상이 된 다른 시체들도 볼 수 있었다.

그러나 그것도 중반까지였다.

계단의 후반부에는 석상은커녕 돌 부스러기 하나 볼 수 없었다.

절망의 계단은 한 칸씩 높아질수록 더더욱 절망의 강도가 강해지기에 여기까지 도달한 이는 아무도 없었기 때문이다.

허나 수호는 달랐다.

수호는 걷고 걸어 마침내 마지막 계단에 이르렀을 때도.

[절망의 계단을 밟으셨습니다.]

[깊은 절망이 당신에게 드리웁니다.]

[용혈이 발동됩니다.]

[드래곤 아머의 용인 효과에 의해 정신 오염이 진행되지 않습니다.]

여전히 용혈의 보호를 받아 자신의 정신을 온전히 지킬 수 있었다.

수호는 출구 포탈을 내딛기 전, 마지막으로 뒤를 돌아

석상이 된 사람들을 보았다.

'미안합니다. 모두 데리고 가지 못해서.'

수호는 이곳을 최초로 공략한 사람이 누군지 안다.

그 사람의 이름은, '수행자'란 이명을 가진 무도가 플레이어였는데 그는 강력한 정신계 면역 특성을 가진 자로, 놀랍게도 몇백 일에 걸쳐 이곳을 공략한 사내였다.

'계단 하나를 내디딜 때마다 자신을 엄습하는 절망과 싸웠다고 했지.'

그래서 수백 일이 걸린 것.

그는 수백 일에 걸쳐 이곳을 공략했기에 종국엔 이곳의 피해자들을 어여삐 여겨 시체라도 수거해 가고자 석상을 들어 옮기려고 했다.

만약 가능하다면 이들을 바깥으로 옮겨 치유사들에게 치료받게 하기 위해서.

허나 이곳에서 석상이 된 이들은 건드리기만 하면 모래 먼지가 되어 바스러 사라졌다.

그래서 결국 아무도 구하지 못한 채 홀로 나올 수밖에 없었다고 했다.

그렇기에 수호는 감히 저들을 건드릴 생각을 하지 못했다.

대신 합장하여 저들의 명복을 빌어 주었다.

'그동안 고생하셨습니다.'

그렇게 마지막 계단을 지나 탈출문이 있는 맨 위에 도달한 순간이었다.

[게이트가 공략되었습니다.]

[게이트 공략의 MVP는 '안수호' 님입니다.]

[MVP 선정으로 추가 경험치가 제공됩니다.]

[MVP 선정으로 보너스 스탯이 1개 제공됩니다.]

[그 누구도 공략하지 못한 게이트를 혼자 공략하는데 성공하셨습니다.]

[대단한 업적을 달성하여 시스템이 당신에게 보너스 스탯을 5개 선물합니다.]

[레벨이 올랐습니다.]

[모든 스탯이 1 올랐습니다.]

[보너스 스탯을 1개 획득하셨습니다.]

포탈 앞에 도착한 순간, 게이트가 공략되었다는 시스템 알림이 쏟아졌다.

그와 동시에 레벨 하나가 올랐고 각종 보너스 스탯들이 부여됐다.

처치한 몬스터의 이름은 없었다.

애초에 이곳에는 몬스터가 없었으니까.

하지만 난이도 자체가 있는 곳이다 보니 몬스터 한 마리 없어도 막대한 경험치를 주어 레벨 하나가 올랐다.

그러나 수호가 원하는 건 아직이었다.

그때였다.

[게이트 공략의 MVP에게 특별 보상이 지급됩니다.]

[희로애락의 반지를 획득하셨습니다.]

알림을 본 수호는 그제서야 웃었다.

그래.

내가 이곳에 온 이유.

절망의 늪은 현재의 수호가 가장 공략하기 쉬운 봉인 게이트이기도 했지만, 오직 이곳에서만 습득할 수 있는 아이템이 있어서이기도 했다.

수호는 획득한 반지의 정보를 확인했다.

[희로애락(喜怒哀樂)의 반지]

- 등급 : S

절망의 늪에서만 획득할 수 있는 보물.

희로애락의 반지를 착용할 경우 원하는 대상이 내뿜는 가장 강렬한 감정 상태를 색깔로 구분하여 볼 수 있다.

희로애락의 반지는 대상의 가장 강렬한 감정으로부터 화이트(긍정적인 에너지)와 블랙(부정적인 에너지)을 추출해 저장할 수 있으며 저장된 에너지를 다른 대상에게 부여할 수 있다. 이때, 지속시간은 알 수 없다.

S급 아이템인 희로애락의 반지.

과거, 수행자가 가지고 있던 보물.

그는 이것을 통해 자신을 끝없이 발전시켰을 뿐만이 아니라 감정으로 힘들어하는 수많은 사람을 구제해 주었다.

'이게 있으면 사람이든 동물이든 몬스터든 모든 존재의 감정을 마음대로 컨트롤할 수 있게 되니까.'

그렇기에 그는 끝끝내 이것을 빌런들에게 빼앗기고 말았다.

희로애락의 반지는 사용하기에 따라 백신이 되기도 하지만 아주 악랄한 맹독이 되기도, 끔찍한 테러 용품이 되기도 하니까.

그렇기에 수호는 자신이 반드시 희로애락의 반지를 가져야 한다고 생각했다. 적어도 자신에게 이게 있으면 빌런들에게 빼앗길 일은 없을 테니까.

정보 확인을 마친 수호는 그것을 손가락에 착용했다.

그러자 반지는 최초의 무무무처럼 딱 맞게 줄어들더니 이내 투명하게 사라졌으며 종국에는 손으로도 만져지지 않게 완전히 사라졌다.

반지를 착용한 수호는 몸을 돌려 허리를 숙였다.

그런 다음 자신이 딛고 온 마지막 계단에 손을 뻗었다.

[절망의 계단을 밟으셨습니다.]

[깊은 절망이 당신에게 드리웁니다.]

[용혈이 발동됩니다.]

[드래곤 아머의 용인 효과에 의해 정신 오염이 진행되지 않습니다.]

그러자 가장 먼저 계단의 정신 오염 시도가 있었고 용혈이 그것을 막아 주었다.

그다음엔.

[희로애락의 반지가 대상의 가장 강렬한 감정에 반응합니다.]

[대상으로부터 감정을 흡수하시겠습니까?]

[흡수할 수 있는 감정은 '블랙'입니다.]

희로애락의 반지가 반응했다.

수호는 시스템의 물음을 수락했다.

그러자.

[대상으로부터 감정을 흡수합니다.]

슈아아!

아이템 효과가 발동되며 거무튀튀하던 계단으로부터 탁한 기운이 수호의 손아귀로 빨려들어 왔다.

그러자 반지가 저장할 수 있는 최대치의 블랙 에너지가 저장되었다.

물론 계단은 여전히 시커멓게 물들어 있었다.

고작 에너지 조금 추출했다고 해서 정화될 계단이 아니었으니까.

'슬슬 나가 보실까.'

희로애락의 반지와 최대치의 블랙을 손에 넣은 수호는 비로소 포탈 밖으로 나설 수 있었다.

밖으로 나온 수호는 시간을 확인했다.

시계를 보니 5분도 지나지 않았다.

'이 정도 기록이면 국내에선…… 아니, 전 세계적으로 봐도 가장 최단기간에 S급 게이트를 클리어한 사람이 되겠군.'

아마도 기네스 기록에 오를 테지.

수호는 카메라를 향해 손을 흔들어 주었고 이내 스퀘어 문이 열리며 호들갑 떠는 사람들을 볼 수 있었다.

"수호 씨!"

"안 프로님!!"

정철민과 조진휘가 가장 먼저 달려든다.

두 사람은 마치 산삼이라도 발견한 사람처럼 몹시 기뻐했고 홍보팀장과 스퀘어 책임자는 귀신이라도 본 것처럼 넋이 나가 있었다.

허나 그들의 공통점이 있다면 그들에게서 보이는 감정의 아우라가 모두 긍정적임을 뜻하는 하얀색이라는 것.

정철민과 조진휘가 호들갑을 떨며 말했다.

"수호 씨는 진짜 어떻게 사람이 이렇습니까? 4분 17초에요! 무려 4분 17초 만에 봉인 게이트를 클리어했다구요!"

"이건 세계적인 기록입니다! 이런 건 당장 단독보도로 내보내야 해요!"

"대체 비법이 뭔가요? 여긴 무명검보다 더 위험하다고 지정된 곳인데 대체 어떻게……!"

쏟아지는 질문에 수호는 진정하라며 그들을 말린 뒤, 이내 홍보팀장과 스퀘어 책임자에게 다가갔다.

"보셔서 아시겠지만 이곳은 완전히 공략되었습니다."

"아, 네! 안 그래도 카메라 화면으로 실시간으로 보고 있었습니다."

"그럼 사진 좀 같이 찍어 주시겠습니까?"

"네?"

"인증 사진이 필요해서요."

수호의 물음에 스퀘어 책임자가 잠시 멍한 표정을 짓더니 얼른 고개를 끄덕였다.

"아, 네! 물론입니다!"

"그럼 홍보팀장님, 좀 부탁드리겠습니다."

"예, 알겠습니다!"

수호의 부탁에 뒤늦게 정신 차린 홍보팀장이 카메라를 든다.

그리고 수호는 무명검 게이트 때와 마찬가지로 이번에도 확실한 증거 사진을 남길 수 있었다.

Chapter 4

- ……그러니까 지금 봉인 게이트를 클리어했다고?

"예, 그렇습니다."

- 절망의 늪이면 내가 아는 그 절망의 늪?

"예, 그 절망의 늪이요."

- 무명검보다 더 위험하다는 그?

"예, 그렇다니까요."

- 허…….

배동혁 대표는 박구완 홍보팀장의 보고에 헛웃음을 터뜨릴 수밖에 없었다.

그렇기에 잠시 귀에서 수화기를 떼고 의자 깊이 몸을 파묻으며 중얼였다.

"이게 무슨 말도 안 되는……."

안수호.

대단한 사람이란 건 알고 있었지만 이건 상상이상……아니, 상상이상 오브 상상이상이었다.

그렇기에 배동혁은 박구완이 보낸 인증사진을 보고 완전히 두 손 들 수밖에 없었다.

어쩌면 이 남자는 자신의 넥서스가 담기엔 턱없이 거대한 남자일지도 모른다는 생각이 들어서였다.

이내 스피커 너머로 박구완이 물었다.

- 어떻게 할까요?

그 물음에 배동혁은 잠시 숨을 고르더니 대답했다.

"자료 취합해서 스탠바이하고 있게. 타이밍 보고 내가 직접 오더 줄 테니까."

- 예, 알겠습니다.

이윽고 전화가 끊긴 뒤였다.

소식을 들은 김이강 사무장이 대표실로 들어왔다.

"대표님, 이야기 들으셨습니까?"

"안수호 헌터의 절망의 늪 공략 건이라면 방금 들었네."

"예, 그것 때문에 갑자기 논의드리고 싶은 게 있어서 급히 찾아왔습니다."

"논의? 어떤 논의 말인가?"

김이강 사무장은 잔뜩 흥분한 상태였다.

젊은 나이에 넥서스 최고 사무권자 자리에 오른 그는 넥서스의 그 누구보다도 머리가 잘 돌아가는 브레인이었는데 그는 이런 기회…… 아니 안수호라는 기회를 절대로 놓치고 싶지 않았다.

그도 그럴 게 자신들이 데리고 있는 안수호는 연말 공채 시험이라는 유통기한이 존재하는 상황이었으니까.

김이강이 두 눈을 반짝이며 말했다.

"어차피 안수호 헌터는 연말이면 없어질 사람이 아닙니까, 그러니까 그전에 뽕을 쭉 뽑으시죠."

"뽕?"

"예정되어 있던 행사들 있지 않습니까. 안 헌터가 나가기 전에 일정 당겨서 소화시켜 버리죠. 그리고 굿즈 제작도 시작하구요."

"굿즈 제작을? 벌써 말인가?"

"이걸 보시면 말이 달라지실 겁니다."

김이강은 넥서스 공식 SNS 계정들을 보여주었다.

거기에는 댓글부터 숱한 양의 다이렉트 메시지들이 있었는데……

- 우리 검신님 굿즈 안 냄?

- 안수호 상품 좀 만들어 줘라 ㅅㅂ

- 안수호 포토카드 갖고 싶다!

- 검신님 키링 좀 만들어 줘!

- 넥서스 ㅅㅂ 일 안 하냐!

- 물 들어올 때 노 저으라고!

- 이래서 소속사를 잘 만나야 하는 건데……

- 피규어도 내놔!

그것들을 본 배동혁이 깜짝 놀라 되물었다.

"이게 무슨……?"

"현재 안수호 헌터에 대한 여론입니다. 넥서스에 가입했다고 욕먹은 지가 언젠데 두 번째 봉인 게이트에 도전한다고 하니 보란 듯이 팬으로 돌아섰습니다. 근데 좀 전에 절망의 늪도 공략했다면서요? 그럼 이제 이들은 안수호 헌터가 특별한 사고라도 치지 않는 한 굳건한 팬층이 될 겁니다. 그것도 아주 튼튼한 콘크리트 팬층으로 말입니다."

"굳건한 팬층…… 그럼 드디어 우리 넥서스에도……?"

"예, 헥사곤과 프라임한테는 있고 저희한테는 없던 '스타플레이어'가 드디어 탄생한 겁니다."

"……!"

자신 있게 말하는 김이강의 말과 더불어 배동혁의 눈이 커질 대로 커졌다.

스타플레이어!

각성자들이 등장하고 세상이 어느 정도 안정기에 접어들자 사람들은 스포츠 선수나 연예인보다 더 열광하는 존재가 바로 플레이어들이었다.

플레이어들은 낮은 확률로 각성하는 희소성에 더해 스킬과 아이템이라는 이능을 사용하고 스포츠와 게임보다 더 화려한 볼거리들을 제공해 주었으니까.

그런 의미에서 넥서스에는 그동안 스타플레이어라 불릴 만한 인플루언서가 없었다.

아니, 정확히 말하면 현재까지 '살아남은 스타플레이어'가 없었다.

스타플레이어는 말 그대로 헌터로서 뛰어난 자질도 보여주어야 했지만 그와 동시에 계속해서 생존해 있어야지만 의미가 있는 존재들이었기 때문.

그런데 그 누구도 공략하지 못한 봉인 게이트를 혼자서 두 개나 단독 공략한 안수호라면……

'가능성이 있다……!'

그것도 계속해서 살아남을 가능성이!

이건 그 어떤 문제보다도 중요한 것이었다.

어쨌든 살아 있어야 스타성이든 상품성이든 창출해낼 수 있는 것이었으니까.

배동혁이 눈빛을 빛내자 김이강이 은근한 어조로 덧붙였다.

"게다가 안수호 헌터한테는 좀 미안한 말이긴 하지만 길드의 관점에서 봤을 땐 어차피 굿즈 장사는 반짝 장사이지 않습니까?"

"그렇지?"

"안수호 헌터가 연말까지 살아있지 못할 가능성도 배제

해선 안 됩니다. 그러니 지금부터라도 얼른 BM(business model) 구상을 시작해야 합니다."

경영실장과 더불어 길드의 살림을 맡고 있는 사무장이니 좀 너무한 말이긴 해도 자본주의적 관점에서 보면 지극히 맞는 말.

길드는 기업과 색채가 비슷해 쨌든 이익을 내는데 최선을 다해야 하니까.

배동혁이 고개를 끄덕이며 말했다.

"좋아, 바로 진행시켜."

"감사합니다."

김이강이 활기찬 얼굴로 대표실을 나간 그 순간, 배동혁의 휴대폰이 울렸다.

낯선 번호.

뭐지?

전화를 받자 수화기 너머로 꽤나 익숙한 목소리가 들려왔다.

- 예, 넥서스 배동혁 대표님이십니까?

"예, 그렇습니다만. 실례지만 누구십니까?"

- 아, 나는 대헌협에서 협회장 하고 있는 장경환이라고 합니다. 반갑습니다.

"아! 협회장님이셨군요!"

협회장이란 말에 배동혁의 눈이 커졌다.

근데 이 양반이 왜 전화한 거지?

딱히 나랑 접점도 없는데?

그때 장경환 협회장이 웃으며 말했다.

- 혹시 지금 잠깐 시간되겠습니까? 대표님이랑 긴히 나누고 싶은 이야기가 있어서 말입니다.

갑자기?

배동혁의 눈이 좁혀졌다.

협회장이 갑자기 왜 자길 보자고 한 걸까?

의문은 금방 해소되었다.

평소 넥서스 쪽으론 눈길도 안 주던 놈이 갑자기 전화와서 친한 척한다는 건 이유가 하나뿐일 테니.

'안수호 헌터 때문이겠군.'

안수호 헌터 때문이라면 모든 게 설명이 된다.

아마 자기들 넥서스보단 직접적으로 게이트를 관리하는 협회나 군부 쪽에 봉인 게이트 클리어 소식이 더 빨리 갔을 테니까.

게다가 연말에 있을 공채시험에 대한 건도 이미 이야기를 마쳤다고 하니 보자고 한다면 그것 때문일 가능성이 컸다.

'봉인 게이트를 두 번이나 해치우니 아무래도 협회 쪽에서 마음이 달은 모양이군.'

그렇다면 이쪽에서도 나름의 준비를 하고 가야 맞을 터.

'우리로선 저쪽 말을 거역하지 못하니까.'

그렇기에 이번뿐만이 아니라 안수호가 넥서스에 있는 동안 최대한 대헌협과 친분을 쌓아야만 했다.

안수호 헌터가 떠나도 자신들은 계속해서 앞으로 나아가야 했으니까.

배동혁이 반색하며 말했다.

"아, 예. 당연히 됩니다. 제가 협회로 가면 되겠습니까?"

- 그래 주시면 저야 좋지요.

"예, 그리하겠습니다. 저 근데요, 협회장님 근데 제가 지금 외부 미팅 중이라 혹시 협회장님만 괜찮으시다면 아예 저녁 자리는 어떠시겠습니까? 제가 좋은 자리로 모시겠습니다."

- 그럴까요? 하하, 그럼 가볍게 식사나 하시지요. 연락 기다리고 있겠습니다.

"예, 금방 연락드리겠습니다."

그리고 통화가 종료됐다.

배동혁은 전화를 끊자마자 다시 김이강 사무장을 호출했다.

절망의 늪을 공략하고 서울로 돌아가는 길, 수호는 배동혁으로부터 전화를 받았다.

“네, 네, 네, 알겠습니다. 그렇게 하겠습니다.”

이내 통화가 종료되자 곁에서 운전을 하던 조진휘가 물었다.

“무슨 일이십니까?”

“대헌협 회장이 저희 대표님을 좀 보자고 했다네요.”

“장경환 협회장이요? 아아, 역시 정치인 출신이라 그런가 자기 앞가림 하나는 확실하네요.”

“그죠. 그런 의미에서 오늘 저녁에 보는데 저녁 식사 자리에 같이 좀 가자네요.”

내막을 다 알고 있는 조진휘였기에 굳이 긴 설명을 하지 않아도 바로 알아들을 수 있었다.

그러다 문득 한 가지 의문점이 생겨 조진휘가 고개를 갸웃거렸다.

“근데 좀 전에 전화는 배동혁 대표 전화가 아닙니까?”

“예, 그런데요?”

“의외네요, 넥서스면 대헌협 상대로는 을일 테고 배 대표도 을의 위치로 가는 걸 텐데 그럼에도 프로님한테 동석을 부탁하다니.”

흠.

이상하게 생각하려면 이상하게 생각할 수도 있긴 했다.

보통 사람들은 자기가 남한테 쩔쩔매는 모습은 안 보여주고 싶어 하기 마련이니까.

특히 그게 자신한테 중요한 사람이라면 더더욱이 말이다.

조진휘의 말을 이해한 수호가 피식 웃으며 말했다.

"글쎄요, 배 대표님도 업계 3위의 대형 길드의 길드장님이십니다. 그런 분이 그냥 저를 부르실 리는 없을 테고 어떤 계산이 깔려 있어서 저를 동석시키시려는 거겠죠."

"하긴…… 궁금하네요. 거기서 어떤 대화가 나올지. 근데 그런 자리면 프로님도 뭐 계산 같은 거 좀 깔고 가야 하는 거 아녜요?"

"안 그래도 생각해 둔 게 있습니다. 자세한 건 갔다 와서 말씀드릴게요. 기삿거리로 써도 되는 것도 확실하게 구분해서요."

"역시 안 프로님, 그나저나 너무 신경 써 주시는 거 아닙니까?"

"같이 사는 사람인데다 운전까지 해 주시는데 이 정돈 당연하죠. 그런 의미에서 네비 위치 좀 바꿔도 되겠습니까? 시간상 식당으로 바로 가야 될 것 같아서요."

"아, 물론이죠. 근데 어디 식당이라던가요?"

"담화라고 압구정에 있는 한정식집이라네요."

"아, 담화 맛있죠. 거기 단품으로 파는 일품요리 중에 맥적구이가 있는데 한번 드셔 보세요. 제 개인적인 추천입니다."

"좋네요, 참고하겠습니다."

"안 프로님이랑도 언제 한번 식사해야 하는데 같이 사는 데도 묘하게 시간이 안 맞네요."

"하하, 밥 정도야 언제든지 시간 낼 수 있는 것 아니겠습니까. 곧 한번 드시죠."

"좋습니다, 제 블로그를 보시면 아시겠지만 제가 또 맛집 칼럼 쓰는 게 취미라…… 언제 제가 한번 모시겠습니다."

"하핫, 네. 기대하고 있겠습니다."

그렇게 두 사람은 한참이나 더 먹는 이야기를 하며 담화로 향했다.

그리고 마침내 담화 앞에 차가 섰을 때였다.

"안 프로님, 도착했습니다."

"고생하셨습니다. 바로 방송국으로 가시나요?"

"네, 거기서 절망의 늪 공략 기사 스탠바이하고 있다가 큐 떨어지면 바로 올릴 생각입니다. 아, 물론 사전에 넥서스와도 상의를 좀 충분히 해야 하구요."

"역시 꼼꼼하십니다. 그럼 나중에 다시 뵙겠습니다. 그리고 식사는 꼭 조만간 하도록 해요."

"네, 기대하고 있겠습니다. 그럼 안 프로님도 화이팅!"

부웅!

조진휘의 차가 부드럽게 담화를 벗어난다.

이윽고 조진휘가 시야에서 완전히 벗어나자 수호가 조용히 한쪽 입꼬리를 올리며 희로애락의 반지를 보았다.

'기자님이 에너지가 넘치시네.'

일부러 여기까지 오는 내내 쉬지 않고 이야기를 나눈 이유.

바로 조진휘로부터 긍정적인 에너지인 화이트를 채집하기 위해서였다.

다행히 조진휘는 매우 긍정적인 사람이었고 수호와의 대화를 통해 그 감정이 더 극대화되어 최대치의 화이트를 채집할 수 있었다.

'그럼 이제 가 보실까.'

수호가 담화 안으로 입장한다.

직원에게 안내받은 방은 담화에서 가장 좋은 방이었다.

그런데 배동혁 대표와 장경환 협회장만 있을 줄 알았던 자리에는 전혀 생각지도 못한 인물이 두 사람이나 더 있었다.

바로 부협회장 박규민과 특수부 부장 피성열이었다.

'박규민은 장경환 따까리니까 그림자처럼 따라다닌다쳐도 피성열은 왜?'

대체 무슨 꿍꿍이지?

그래도 확실한 건 저들에게서 긍정적 에너지를 상징하는 화이트 아우라가 넘쳐난다는 것.

수호가 문을 열고 등장하자 그들이 반갑게 수호를 반겼다.

"아이고 우리 헌터님 오셨네."

"하하, 기다리고 있었습니다. 안 헌터님."

상석에는 장경환 협회장이 앉아 있었고 그 옆에는 각각 박규민 부협회장과 배동혁 대표가 앉아 있었다.

그러다 수호가 나타나자 배동혁 대표가 자연스럽게 바깥 쪽으로 위치를 옮겼고 수호가 장경환과 가까이 앉을 수 있었다.

그는 이미 술을 좀 마셨는지 기분이 좋아 보였고 이윽고 수호 몫의 음식들이 들어오기 시작했다.

상이 차려질 때쯤, 장경환 회장이 술병을 들며 말했다.

"우선 축하부터 하겠습니다. 그 어렵다는 봉인 게이트를 5분도 안 돼서 공략했다지요? 허허, 정말 안수호 헌터는 우리나라의 보물이자 미래입니다. 자 자, 잔 받고 그런 의미에서 우리 다 같이 안수호 헌터의 성공을 기념하는 건배나 다 같이 한번 합시다."

"하하, 예, 좋습니다."

"좋은 날인데 안수호 헌터가 건배사 한번 하시죠. 안 헌터가 오늘의 주인공이지 않습니까."

장경환의 제안.

그 말에 수호 또한 옅게 미소 지으며 거절하지 않았다.

"그럼 가볍게 제안드리겠습니다. 제가 '모두를'이라고 선창하면 다 같이 '위하여'라고 해 주시면 되겠습니다."

"하핫! 그것참 좋은 것 같습니다."

"그럼 모두를!"

"위하여!"

짠!

건배가 나누어진 뒤 술자리는 빠르게 무르익어 갔다.

그리고 그쯤, 여태껏 시답잖은 말만 늘어놓던 장경환이 비로소 배동혁 대표를 부른 이유에 대해 입을 떼기 시작했다.

"그나저나 우리 안 헌터한테도 진작에 들었지만 배 대표님도 참 대단하신 것 같습니다. 안 헌터를 위해 일부러 계약기간을 설정하지 않으셨다지요?"

"아, 예. 보통은 최소 3년 단위부터 계약을 하는 게 관례긴 하지만 안 헌터님은 특별한 사람이지 않습니까. 장차 나라를 위해 큰일을 하실 분이신데 도움이 되어도 모자랄 판에 제 사적인 욕심으로 방해가 되어선 안 되지요."

그 말에 장경환이 입꼬리를 올리며 말했다.

"허허, 역시 우리 배 대표님은 생각하시는 것 하며 보시는 안목이 저희 대헌협과 아주 흡사한 면이 많아요. 그래서 참 기쁘게 생각하고 있습니다. 그렇지 않습니까, 안 헌터?"

"예, 배 대표님 배려 덕분에 좀 더 편안한 환경에서 이쪽 업계의 일을 자세히 배우고 있는 중입니다. 아마 지금의 경험을 밑거름 삼아 대헌협에 들어가면 더 많은 일을 해낼 수 있을 것 같습니다."

대헌협에 들어가 더 많은 일을 한다.

그게 바로 장경환이 수호에게 가장 궁극적으로 바라는

것이었다. 그리되면 수호의 실적이 곧 자신의 실적이 될 테니까.

그렇기에 이번 자리를 마련한 것이기도 하고.

그때, 분위기를 보던 피성열이 얼른 한마디를 얹었다.

"저도 안 헌터가 우리 협회에 들어와 같이 일할 생각에 벌써부터 가슴이 설렙니다. 안 헌터 같은 우수한 인재가 들어와 준다면 저희 협회는 물론이고 나라의 안전과 국격이 얼마나 높아지겠습니까?"

"허허, 그렇지요. 그런 의미에서 이번에 안 헌터를 위해 저희 협회장님께서 특별 감사장을 내릴 예정입니다."

특별 감사장.

그 말에 수호는 속으로 웃었다.

협회장 이름으로 나오는 감사장은 사실상 이번 5급 공채 합격을 보증하는 티켓이나 다름없었기 때문이다.

박규민 부회장의 말에 장경환이 이어 말했다.

"허허, 원래는 지난번 무명검 게이트 때 진작에 드렸어야 하는 건데, 난 그새 안 헌터가 봉인 게이트를 하나 더 해치울 줄은 꿈에도 몰랐지 뭡니까. 하핫, 사람이 어찌 그리 능력이 있는지. 이번 절망의 늪 게이트가 공략됐다는 말을 듣고 저 정말 깜짝 놀랐어요?"

"아닙니다. 봉인 게이트 입장권은 대형 길드에도 좀처럼 발급해 주지 않는 건데 저를 믿고 기회를 주셨으니 확실하게 보여 드려야겠다는 생각뿐이었습니다."

"하핫, 젊은 사람이 말하는 것도 어찌 이리 겸손한지."

"그러게나 말입니다."

장경환이 칭찬하고 박규민이 옆에서 맞장구를 친다.

훈훈한 분위기.

그때, 술을 한 모금 마신 피성열이 은근한 어조로 물었다.

"그런 의미에서 혹시 절망의 늪은 어떻게 공략한 건지 이야기를 좀 들려줄 수 있습니까? 같은 각성자로서 무척이나 궁금하네요."

"오, 그래요. 난 각성자가 아니라 크게 와닿진 않지만 사상자만 수백이 넘는 곳이었다고 하니……."

"살아 돌아온 이가 없어 절망의 늪 내부가 어떻게 생겼는지도 아무도 모릅니다. 그래서, 어땠던가요, 안수호 헌터?"

피성열의 물음.

수호는 안다.

저것이 피성열식 심문법의 시작이라는 걸.

'자연스럽게 이야기를 시작해 원하는 정보를 얻어 가는 게 피성열의 주특기지.'

그런 의미에서 절망의 늪 내부에 대해 아무도 모른다는 건 사실이었다.

수호의 기억에 따르면 '수행자'가 그곳을 공략하기 전까지 그 피성열 조차도 내부 사정을 전혀 모르고 있었으니까.

그렇기에 수호는 대강 둘러댔다.

진실에 거짓을 적당히 섞어서 말이다.

"절망의 늪은 몬스터 한 마리 없는 계단 하나가 전부인 곳이었습니다."

수호는 절망의 계단에 대해 언급했다.

원래 그럴듯한 거짓말은 진실 사이에 거짓을 섞어야 하는 법이었으니까.

그래서 절망의 계단과 그것이 가진 힘에 대해 언급한 뒤 다른 공략법을 갖다 붙였다.

"……첫 계단을 통해 그곳의 위험성을 파악한 전 머리를 썼습니다. 직접 발을 딛는 게 아니라 도구를 이용해 이동한다면 괜찮지 않을까 하고 말입니다. 그리고 그 방법은 적중했습니다."

수호는 가지고 다니던 창을 이용해 계단을 올랐다고 말했고 그 덕분에 단시간에 게이트를 공략할 수 있다고 했다.

그러자 모두들 흥미로운 표정으로 고개를 끄덕이며 수호의 말을 믿었다.

정말 그럴듯했기 때문이다.

특히 피성열이 감탄했다.

"호오…… 보통의 헌터라 하면 어떻게든 정신면역 스킬이나 아이템의 도움을 빌리려고 할 텐데 안수호 헌터는 그보다 훨씬 간단한 방법을 사용했군요?"

"그냥 단순하게 생각했습니다. 그리고 운이 좀 좋았을 뿐이죠."

"그렇군요. 역시 안수호 헌터입니다. 근데…… 그럼 안수호 헌터는 레벨이 몇 정도 됩니까? 듣기로는 아직 100 레벨도 안 됐다고 들었는데……."

"예, 현재는 53입니다."

"53! 이야, 정말 대단합니다. 그럼 특성도 얻으셨겠네요?"

피성열의 눈이 그 어느 때보다도 빛난다.

덩달아 화이트 아우라도 더 짙어졌다.

당연했다.

기대라는 감정은 긍정적인 것에 가까웠으니.

'그렇군. 넌 이게 목적이었어.'

생각해 보면 당연했다.

수호는 게이트 관리과를 1차로 희망하고 있긴 하지만 궁극적으로는 피성열이 반드시 수호를 데려올 생각이었기 때문이다.

'능력 있는 사냥개는 칼잡이 입장에선 언제나 탐나는 법이지.'

그런 의미에서 가장 먼저 확인해야 하는 게 바로 사냥개의 특성이었다.

레벨이나 주력 스킬, 클래스에 대한 정보는 조금만 조사해도 나오는 것이지만 특성 같은 건 본인이 말하지 않으면 절대로 알 수가 없는 것이었으니까.

하지만 수호는 자신의 특성인, 뉴블러드는 물론 용혈이나 뱀파이어 블러드, 아공간 하우스나 귀영창 등 그 어떤 것도 말할 생각이 없었다.

수호가 말했다.

"제 특성은 검의 길입니다. 치유사이지만 검술을 주로 구가하다 보니 검의 길을 획득하게 된 것 같습니다."

"검의 길이라…… 확실히 치유사치곤 신기한 특성인 것 같습니다."

피성열이 오묘한 표정을 짓는다.

허나 수호의 눈에는 보였다.

오묘함 뒤에 가려져 있는 아쉬움이.

그리고 확연히 옅어지는 화이트 아우라가.

'그럼 그렇지.'

물론 피성열이 저런 반응을 보이는 이유는 그 누구보다도 잘 안다.

특수부에는 희한한 특성을 가진 사냥개들이 많았으니까.

그래서 더 기분이 나빴다.

나를 고작해야 사냥개 정도로밖에 안 보고 있다는 것이니.

이미 알고 있는 사실이지만 무례는 언제나 기분 나쁜 것이니까.

그리고 실제로도 피성열은 생각했다.

'뭐, 괜찮겠지. 검의 길은 전형적인 딜러들 전용 특성인데 치유사가 저런 특성을 가지고 있다는 것 자체가 하이브리드가 된다는 거잖아?'

그래서일까?

피성열은 좋게 생각하기로 했다.

수호의 구성이 어찌 됐든 간에 중요한 건 결과였고 수호는 그 결과를 낸 사람이었으니.

그 증거로 옅어졌던 화이트 아우라가 다시 진해졌다.

그때, 배동혁이 말했다.

"특성으로 검의 길을 가지고 계시는 줄은 몰랐네요. 부장님 말씀처럼 참 신기한 조합인 것 같습니다."

"하하, 제 주력 스킬이 검술이긴 하지만 그래도 치유사 쪽으로도 소홀히 할 생각은 없습니다. 남은 기간 동안 최대한 치유사 클래스에 대한 성장을 도모해 볼 생각인데 대표님이 많이 도와주시면 감사하겠습니다. 아시다시피 헌터들의 수명은 짧잖아요?"

그 말에 배동혁이 조금 씁쓸하게 웃으며 말했다.

"물론입니다. 헌터분들이 성장하면 성장할수록 사망률이 높다는 건 길드를 운영하는 사람으로서 그 누구보다 잘 알고 있습니다. 그래서 벌써부터 참 걱정이 됩니다. 안수호 헌터처럼 실력 있는 분이 등장한 건 참 반길 일이지만 그만큼 위험한 곳도 많이 누벼야 한다는 생각에 말이죠."

그는 진심으로 안타까워했다.

그 증거로 화이트 아우라가 열어줬으니까.

그때, 배동혁의 말에 안주를 집어 먹던 장경환이 말했다.

"하긴, 헌터분들 사망률 높은 건 어제오늘 일도 아니고 참 유명하죠. 그러니 배 대표님이 많이 도와주셨으면 좋겠습니다. 아무래도 저희 협회보단 민간 길드가 헌터들 육성에는 더 능숙하시잖아요?"

"하하, 물론입니다. 제 힘닿는데까지 최선을 다하겠습니다. 더 나아가 협회의 요청이 있다면 다른 일도 발 벗고 도울 준비가 항상 되어 있습니다."

진심이었다.

그리고 이게 배동혁이 이 자리에 나온 이유이기도 하고.

어차피 협회로 넘겨야 할 수호라면, 수호를 활용해 최대한 협회와 친분 관계를 쌓아 길드의 미래를 도모하는 것.

평소라면 협회의 관심을 거의 받지 못하는 넥서스로썬 이것이 최선이었다.

'어쨌든 길드가 커야 더 많은 것들을 할 수 있으니까.'

배동혁의 말에 장경환이 흡족함을 표한다.

그때, 아까부터 끼어들 타이밍만 노리고 있던 최규민 부협회장이 얼른 말했다.

"역시 배 대표님입니다. 제가 회장님과 대표님을 대신해서 협회와 넥서스 사이를 원만하게 잇는 중간 다리이자 소통의 창구가 될 수 있도록 최대한 노력하겠습니다. 그래야 우리나라가 더 안전해지고 국격이 높아지는 것 아니겠습니까. 자자, 이번엔 제가 한 잔들 올리겠습니다."

역시 최규민이다.

나오지 않아도 될 자리에 나와서 어떻게든 자신의 존재감을 알리고 떨어질 콩고물을 주워 먹겠다는 태도.

전생에서 본 그대로였다.

그렇기에 수호는 그를 가장 많이 이용할 생각이었다.

수호가 그의 잔을 받으며 웃으며 말했다.

"저도 그럼 잘 부탁드리겠습니다, 부회장님."

"하하! 그럼요, 그럼요. 안수호 헌터도 직함 상관없이 너무 부담스러워 하지 말고 고민 있거나 도움이 필요하면 언제든지 연락해요."

그때, 최규민의 곁에 앉은 피성열도 웃으며 잔을 들었다.

"나도 잊으면 안 돼요? 내 연락처도 항상 열려 있다는 걸 알아줘요. 그래도 제가 현장에서 뛰는 실무자니 자잘한 건은 내가 다 도와줄 수가 있어요."

"네, 여기 계신 모두 이렇게 저를 도와주신다고 하니 참 든든합니다. 그럼 전 앞으로도 지금껏 해 왔던 것처럼 국익을 위해 봉인 게이트는 물론 한국의 모든 게이트란 게이트는 전부 공략해 보이도록 하겠습니다."

"역시 젊은 헌터는 다릅니다. 야망이 아주 남달라요."

"하하! 그러게나 말입니다!"

웃음소리와 함께 치솟는 화이트 아우라들.

각자가 원하는 욕망이 모두 드러났다.

서로가 서로의 뜻을 확인했으니 이제 남은 건 조용히 잇속을 챙기는 것뿐.

무르익은 술자리는 절정에 향해 치달았고 마침내 술자리가 끝났을 때 수호는 눈빛을 빛냈다.

수호가 이번 술자리에서 진짜로 목표로 하는 건 지금부터 시작될 예정이었으니까.

늦저녁이 끝나고 밤이 다가올 무렵, 술자리는 드디어 끝이 났다.

비각성자인 장경환 협회장과 박규민 부협회장, 그리고 배동혁 대표는 각자 아랫사람들을 불러 차를 태워 자택으로 귀가시켰고.

자리에는 좀처럼 취하지 않는…… 아니, 스탯의 영향으로 좀처럼 취하기 힘든 사람들인 수호와 피성열 둘만 남게 되었다.

어르신들의 차가 멀어지자 그것을 지켜보던 피성열이 품에서 담배를 꺼내 입에 물었다.

그러더니 수호에게도 담배를 권하며 말했다.

"피우십니까?"

"아뇨, 비흡연자입니다."

"그럼 한 대만 하겠습니다. 하하, 술을 좀 먹었더니 담배 생각이 어찌나 간절하던지……."

이내 피성열이 담뱃불을 붙이더니 깊게 한 모금 빨아들인 후 연기를 뱉었다.

그러더니 씩 웃으며 수호에게 자신의 명함을 내밀며 말했다.

"저번에는 정신이 없어서 제 명함도 못 드렸네요. 이거 제 직통 번호니까 언제든 연락해요. 내가 다른 사람은 몰라도 안 헌터 연락은 꼭 받을 테니까."

"하하, 네. 감사합니다."

"집이 어디에요?"

"아, 요즘은 호텔에서 지내고 있습니다. 원래 살던 집은 사람들이 워낙에 몰려들어서……."

"저런…… 힘들겠네요. 이래서 참 문젭니다. 우리나라 국민들은 누가 조금만 유명해져도 사생팬처럼 들러붙으니 원."

"하하, 다 팬심에 그러는 거 아니겠습니까."

"팬심이라……."

시종일관 하얗던 그의 감정 아우라가 일순 탁하게 변했다.

수호는 그 이유를 안다.

각성자에 대헌협 특수부 부장이라는 지위를 가진 그는 국민들을 개돼지로 아는 사람이기 때문이다.

쉽게 말해 우월의식…… 즉 선민의식을 가진 사람이란 말.

'피성열뿐만이 아니지. 협회장이나 부협회장처럼 공직에서 높은 자리를 갖고 있는 자들은 대부분이 선민의식을 가지고 있지.'

수호의 말에 피성열이 다시 한번 피식 웃더니 담배를 깊게 한 모금 빨아들였다.

그러자 탁했던 감정 아우라가 하얗게 변하기 시작했고 그가 말을 이었다.

"안 헌터도 대충 알겠지만 올 연말에 있는 5급 공채, 사실상 안 헌터를 위한 시험이 될 거란 건 알고 있죠?"

노골적인 물음.

그 물음에 수호는 즉각 대답했다.

"예, 알고 있습니다."

그 말에 피성열이 잠시 놀란 듯 눈을 키우더니 이내 입꼬리를 올렸다.

"마냥 겸손할 줄로만 알았더니 의외의 모습이 있네요?"

"하하, 아닙니다."

"그럼 어차피 협회 들어오면 선후배 관계가 될 텐데 차라리 지금부터 선후배 하는 게 어때?"

자연스러운 반말.

그러나 수호는 조금도 기분 나쁜 티를 내지 않고 바로 대답했다.

"좋습니다, 선배님."

그렇기에 수호도 겸손을 취하지 않았다.

피성열은 곰보다 여우를 좋아하는 타입이니까.

수호의 즉각적인 대답에 피성열이 더더욱 만족한다는 듯 물었다.

"하하, 후배님 성격이 참 시원시원해서 좋네, 근데 내가 궁금한 게 하나 있는데 말이야."

"예, 선배님."

"회사 들어오면 게이트 관리과 말고 특수부로 바로 들어오는 건 어때? 너 정도면 내가 다른데 안 돌리고 바로 꽂아줄 수도 있는데."

물음을 던진 피성열의 눈에 탐욕의 이채가 번들거린다.

그 말에 수호는 자기도 모르게 웃음을 터뜨릴 뻔했다.

그래.

네가 마지막까지 남아 있었던 이유.

바로 이것 때문일 거라고 생각했다.

피성열은 생각보다 사회생활을 잘한다.

상급자보다 먼저 오고 상급자보다 늦게 가고.

하지만 그건 예의가 발라서라기보단 그러한 행동들이

자신에게 득이 된다는 것을 알기 때문이다.

오늘 나온 술자리도 그렇다.

막말로 수호의 개인 특성이야 사람을 보내든 배 대표에게 부탁하든지 해서 얼마든지 알아낼 수 있을 터.

그럼에도 자신이 직접 나타난 건 보다 확실하게 수호를 자신의 사람으로 만들기 위해서였다.

우리나라에선 술자리만큼 친해지기 좋은 자리가 없고 자기가 직접 일 처리 하는 것만큼 확실한 건 없었으니까.

그렇기에 수호는 피성열의 질문을 신호로 받아들이고 그동안 아껴 두었던 희로애락의 반지를 사용하기 시작했다.

사용할 감정은 화이트.

희로애락의 반지가 발동되자 수호만 보이는 새하얀 아우라가 그에게 스며들기 시작했다.

각성자인 피성열이 눈치챌 확률은 없다.

이건 직접적으로 상태이상이나 스탯 효과를 깎는 게 아니었으니까.

화이트를 부여하기 시작한 수호가 대답했다.

"저는 좋습니다."

"정말?"

"그럼요. 특수부가 대헌협 핵심이라는 건 누구나 다 아는 사실인데요. 선배님이 좋게 봐주시면 저야 좋죠."

수호의 대답에 피성열의 눈이 더더욱 커진다.

동시에 그의 화이트 아우라가 여태 본 것 중 가장 진해졌다.

“하하, 역시 후배님은 다른 사람들과는 다르네. 눈빛에 야망이 있어. 그리고 난 야망 있는 사람이 좋더라. 꿈이 없는 사람은 빈 껍데기에 불과하거든. 근데…… 우리 후배님은 정 팀장이랑 친한 거 아니었나?”

은근한 어조.

그 물음에 수호가 답했다.

“친하기는 정 팀장이랑도 친할 수 있고 선배님이랑도 친할 수 있는 거죠. 또 협회장님이랑도 친분을 이어 나갈 수 있는 거 아니겠습니까. 하지만 그중에서도 가장 친해야 될 사람은 선배님이라고 생각합니다.”

그 말에 피성열이 여전히 웃음기를 머금으며 반문했다.

“왜 그렇게 생각하지?”

“원래 사수나 직속상관과 가장 친해야 한다는 말이 있잖습니까. 협회장님은 너무 높은 분이고 정 팀장은 함께하더라도 잠깐 스쳐 지나갈 사람이니 말입니다.”

그 말에 피성열이 흡족함에 고개를 끄덕였다.

“후배님이 뭘 좀 아네. 근데 나이도 어리던데 왜 이렇게 사회생활을 잘해? 알고 보니 인생 2회차 아냐?”

“하하, 아닙니다. 사실 할 수만 있다면 연말이 아니라 지금이라도 특채나 경력직으로 대헌협에 들어가고 싶긴 합니다."

"특채라……."

그 말에 순간 피성열의 눈이 빛났다.

그래.

특채가 있었지.

근데 왜 그걸 몰랐을까?

딱 그런 표정이었다.

물론 피성열이 특채에 대해 모를 리는 없었다.

다만 특채 이야기를 꺼내지 않는 건 오랜 연륜에서 비롯된 것이었다.

아무리 좋아하는 음식이라도 급하게 먹으면 체하기 마련.

이미 연말의 5급 공채는 수호로 내정이 거의 된 상황이나 다름없다.

그러니 기다리면 알아서 굴러 들어올 텐데 굳이 자기가 나서서 특채니 뭐니 언급할 필요가 없다는 뜻.

하지만 지금은 상황이 달랐다.

그렇잖아도 수호에게 호감이 있는 상황인데 희노애락의 반지의 영향으로 현재 수호에 대한 그의 감정은 호감을 넘어 그 이상의 단계에 이르렀다.

'수행자의 말로는 그 끝은 깊은 사랑이라고 했었지.'

다시 말해 현재 화이트 효과로 피성열이 수호에게 느끼고 있는 감정은 호감을 넘어 사랑의 감정을 의심해 봐도 좋을 정도라는 말.

물론 이 감정이 오래가지는 않을 것이다.

희노애락의 반지가 가진 효과는 영구적인 게 아니었으니까.

허나 잠깐 동안 상황을 유리하게 만들어 놓기엔 충분한 것이었다.

피성열이 활짝 웃으며 말했다.

"후배님이 우리 대헌협에 대한 관심과 사랑이 이토록 짙을 줄은 몰랐군."

"제 목표는 예나 지금이나 한 번도 변한 적이 없습니다. 그래서 올해 특채가 있나 하고 한번 살펴봤더니 딱히 계획된 게 없더군요. 그래서 참 아쉬웠습니다."

"확실히 특채는 잘 안 뽑긴 하지. 근데 말이야, 그 문제는 내가 좀 핸들링하면 잘 풀릴 수도 있는 문제긴 하거든?"

됐다.

드디어 수호가 바라던 것이 그의 입에서 튀어나왔다.

그의 말에 수호가 전혀 몰랐다는 듯 기대에 찬 얼굴로 물었다.

"그렇습니까? 역시 선배님이십니다."

"후후, 아니, 뭐 별건 아니고 대헌협 특채라는 게 사실 윗분들의 의지에 따라 결정되는 거라 특수부 인력 부족을 근거로 말씀드리면 될 수도 있을 것 같긴 하거든. 근데 말이야…….”

피성열이 눈을 좁히며 말했다.

“아무리 그래도 계획에 없던 특채를 갑자기 진행시키려면 좀 더 확실한 한 방이 필요할 것 같단 말이지. 예컨대 안 후배가 우리한테…… 그러니까 우리 특수부에 꼭 필요한 인재라는 걸 증명하기 위한 그런 한 방 말이야.”

그 말에 수호는 속으로 놀랐다.

과연 피성열.

아무리 화이트를 주입받아도 이 와중에 손익 계산을 할 줄은 몰랐기 때문이다.

‘나에 대한 호감이 폭풍처럼 휘몰아치고 있을 텐데 이 와중에도 이득을 취하려 하다니.’

그러나 수호는 전혀 내색 않고 오히려 궁금하다는 듯이 물었다.

“어떤 한 방 말씀이십니까?”

“뭐, 우리 특수부가 하는 일이 다양하긴 한데 게이트 공략도 게이트 공략이지만 우린 게이트 그 자체보단 사람에 좀 집중을 하는 타입이거든. 예를 들어 각성자 범죄자들을 잡는 뭐 그런 것들 말이야.”

“아아, 예. 알고 있습니다. 대헌협 특수부에는 각성자들에 대한 수사권이 있잖습니까.”

“그래, 그중에선 악명 높은 수배자들…… 요즘엔 빌런이라고 하지? 안 후배의 능력 출중한 거야 내가 잘 알지만 이게 또 빌런 수사랑 게이트 공략은 좀 다른 문제거든. 그래서 말인데, 이번엔 게이트 말고 좀 유명한 빌런을 잡아서 능력을 증명해 보이는 게 어때?"

"알겠습니다. 혹시 생각해 두신 타깃이 있으십니까?"

"아니, 뭐. 딱히 생각해 둔 타깃은 없고 그냥 수배지에 있는 놈들 중에 하나 잡아와 주면 될 것 같아. 만약 수배 중인 놈을 잡아다 주면 내가 그걸 근거로 바로 특채 진행시켜 볼게. 알지? 특채가 진행되면 한두 달 안에 바로 뽑힐 수 있는 거?"

"예, 알고 있습니다. 그럼 수배자 정보는 제가 대헌협 홈페이지에서 따로 취합해 한번 골라 보도록 하겠습니다."

"역시 안 후배야, 겁먹거나 주저하는 기색이 없어. 우리 애들도 수배자라고 하면 지레 겁부터 먹는데, 그럼 우리 안 후배님만 믿을게?"

"예, 꼭 잡아서 증명해 보이도록 하겠습니다."

"좋아. 그럼 다음에는 둘이서 따로 밥이나 한 끼 하자고. 내가 잘 아는데가 있거든."

"감사합니다. 그럼 언제든 연락 기다리겠습니다."

말을 마친 피성열은 그제서야 택시를 타고 사라졌다.

그리고 멀어지는 피성열의 택시가 시야에서 완전히 사라진 후에야 수호는 비릿하게 웃으며 고개를 끄덕일 수 있었다.

수호가 중얼였다.

"안 후배는 무슨……."

웃기지도 않는 호칭.

수호는 전생에 피성열이 자신을 불렀던 호칭을 똑똑히 기억했다.

"어이, 칼잡이."

"가서 칼잡이 좀 데려와."

"그 왜 있잖아, 칼 쓰는 애. 이름이 뭐였더라?"

"백정 같은 놈 있잖아. 칼잡이 좀 데려와."

칼잡이.

그게 피성열이 수호를 인정하기 전까지 부르던 이름이었다.

'그러다 검황을 잡고 나서부터 날 이름으로 부르기 시작했지.'

그런 의미에서 이번엔 시작부터 후배님이라 부르며 살갑게 꼬리를 친다.

게다가 희노애락의 반지 덕분이긴 하지만 손수 귀찮음을 감수해가면서까지 대헌협 입사의 시기도 당겨 주겠다고 했으니 기꺼이 장단에 어울려 줄 생각이었다.

'제물로 쓸 빌런이라면 내가 잘 알고 있지.'

때마침 시기가 적당한 인물도 하나 떠올랐다.

그렇기에 수호는 택시를 불러 카이저 청담이 아닌 다른 곳으로 향하기 시작했다.

이때의 '그 녀석'은 지명 수배자치곤 생각보다 잡기 쉬운 녀석이었으니까.

수호가 택시를 타고 향한 곳은 다름 아닌 부천이었다.

부천의 구석진 동네.

허름한 빌라들이 모여 있는 그곳에 수호는 택시를 세웠다.

기억의 도서관에 기록된 정보에 의하면 녀석은 여기에 있는 게 확실했으니까.

수호는 천천히 발걸음을 옮겨 눈앞의 '풍천빌라'로 향했다.

그리고 전기계량기부터 확인했다.

'맞네, 여기.'

허름한 빌라 안에 있는 집들 중 딱 한 집만 전기 사용량이 비정상적으로 높다.

101호.

심지어 101호지만 1층이 아닌 반지하다.

수호는 101호로 다가가 현관문 앞에서 천천히 기감을 활성화시켰다.

[마력감지가 발동됩니다.]

B급 마력감지가 발동되자 현관문 너머 막대한 양의 마력들이 보다 직설적으로 느껴졌다.

'여기네.'

찾고자 하는 걸 찾아낸 수호는 다시 밖으로 나와 빌라 옆으로 향했다.

그러자 반지하의 유일한 숨구멍인 창문들이 보였고 열린 창문에는 뿌연 연기가 조금씩 올라오는 게 보였다.

담배 연기였다.

'무슨 너구리 소굴도 아니고…….'

이곳만 봐도 연기가 이렇게 올라오는데 내부는 오죽할까.

수호는 근처 벽돌을 하나 들어 반지하 창문에 던졌다.

쨍그랑!

그러자 내부에서 욕지거리가 터져 나오기 시작했다.

"아이, 시발 뭐야?"

"어떤 새끼야?"

"야! 밖에 누가 있다!"

"빨리 가서 잡아!"

수호는 도망가지 않고 당당하게 기다렸다.

그러자 얼마 뒤, 쿵쿵거리는 소리와 함께 웬 남자들이 등장했다.

머릿수는 넷.

놈들은 하나같이 껄렁해 보이는 녀석들이었는데 그중 하나가 수호에게 눈을 부라리며 말했다.

"야, 너 미쳤냐? 술 처먹었어?"

"아니, 안 미쳤고 술도 안 먹었는데?"

"뭐?"

"너희가 그놈들이지? 희한한 방식으로 전자화폐 지갑만 골라서 털고 다닌다는."

그 말에 일순 놈들의 표정이 변했다.

"맞나 보네. 그럼 서기원 씨도 여기 있겠다, 그치?"

서기원.

수호의 입에서 익숙한 이름이 나오자 그들은 눈살을 좁힌 채 조용히 대화를 주고받기 시작했다.

"저 새끼 뭐냐?"

"어떻게 안 거지?"

"경찰인가?"

"경찰이고 나발이고 일단 잡자."

"야, 경찰 건드렸다가 일 커지면 어쩌려고? 우리 좆될 수도 있어."

"이미 눈치 까고 왔는데 여기서 더 좆될 수가 있냐? 경찰이고 나발이고 일단 저 새끼 입부터 막고 째든가 하자."

"시발……."

작전 회의가 끝났다.

결론은 수호를 잡고 입을 막기로 했다.

청력이 좋은 수호는 그들의 말을 듣고 비웃음을 터뜨렸다.

"미친놈들."

그래.

꼭 잡아라.

그렇게 해서 너희들이 날 잡는다면 그땐 내가 너힐 영입해줄 테니.

대화를 마친 녀석들이 수호에게 다가오려는 순간, 수호는 바로 귀영창을 꺼내 들었다.

그런 다음 귀영창을 던져 한 놈의 그림자에 쑤셔 박았다.

[그림자 주박이 발동됩니다.]

[그림자 출혈이 발동됩니다.]

"끅!!"

그림자에 귀영창이 박힌 놈이 신음을 토한다.

그래.

아프겠지.

귀영창은 단순히 주박 효과만 있는 게 아니라 통증까지 동반한 출혈 효과를 일으키니까.

"지성아!"

"이 새끼가!"

수호의 선제공격에 양아치들은 바로 전투태세를 갖추고 바로 수호에게 달려들기 시작했다.

검과 방패, 그리고 창.

척 보기에도 평범해 보이는 무기들.

수호는 수호보법을 펼치며 녀석들의 공격을 회피했고

그와 동시에 블러드 웨폰을 사용했다.

[블러드 웨폰이 발동됩니다.]

블러드 웨폰을 사용하자 수호의 손아귀에 기다란 작대기 하나가 만들어졌다.

일부러 검이 아닌 작대기를 소환했다.

놈들은 죽어야 될 몬스터가 아닌 피성열에게 갖다 바칠 소중한 제물들이었으니까.

수호는 이것을 피몽둥이라 부르기로 하고 피몽둥이를 휘둘러 가장 가까이에 있는 녀석의 쇄골을 부러뜨렸다.

"끄악!"

쇄골이 박살 난 녀석이 바닥을 구르며 고통을 호소한다.

수호는 뒤이어 다가온 놈의 방패를 우그러뜨리며 양팔을 가격해 두 팔 모두 부러뜨렸다.

그런 다음 정강이 옆을 후려쳐 다리뼈도 부러뜨려 행동불능 상태로 만들었다.

"미, 미친……!"

이제 창을 들고 있는 놈만 남았다.

녀석은 눈알을 굴리더니 꽤나 갈등했다.

자기도 덤벼야 하나, 아님 친구를 버리고 도망쳐야 하나.

고민은 그리 길지 않았다.

도망치는 녀석.

그 뒷모습을 본 수호가 피식 웃었다.

“양아치 새끼들이 그럼 그렇지.”

수호는 피몽둥이를 형태변환시켜 날카로운 창으로 만들었다. 그리고 녀석을 향해 던졌다.

[투창이 발동됩니다.]

콰직!

날아간 창은 녀석의 종아리를 뚫고 정강이로 튀어나왔다.

바닥에 쓰러져 꿈틀거리는 녀석.

수호는 그림자 주박에 잡힌 녀석에게 다가가 있는 힘껏 허벅지를 걷어찼다.

그러자 레드 등급 근력이 그대로 실리며 녀석의 허벅지가 파열되었다.

“끄아아아악!!”

엄청난 고통에 녀석은 주저앉고 싶었으나 귀영창에 꿰여 움직이지도 못하고 비명만 내질렀다.

흠.

그래.

이 정도면 다들 못 움직이겠지.

수호는 아공간 하우스를 열어 행동불능이 된 그 녀석들을 차례차례 던져 넣은 후 아공간 하우스를 닫았다.

현재 아공간 하우스만큼 녀석들을 안전하게 가둘 수 있는 곳은 없었으니까.

그런 다음 녀석들이 기거하던 반지하로 발걸음을 옮겼다.

반지하 내부는 생각했던 것보다 훨씬 더 가관이었다.

거실 중간에는 도박이라도 하고 있었는지 현금과 섯다패, 그리고 게임용 칩들이 널브러져 있었고 집안 곳곳에는 담배와 재떨이, 배달음식 용기 등이 굴러다니고 있었다.

수호는 쾌쾌한 연기가 불쾌해 마력을 운용하여 내부 공기를 한 번에 밖으로 내보냈다.

그러자 뿌연 연기가 사라지며 시야가 트였다.

시야를 확보한 수호는 방을 하나하나 확인하기 시작했다.

그리고 얼마 지나지 않아 가장 구석진 곳에 위치한 제일 작은 방에서 수호가 부천에서 찾고자 한 사람을 드디어 발견할 수 있었다.

바로 '서기원'이었다.

'여기 있었군.'

수호가 부천까지 온 이유.

단순히 피성열에게 바칠 제물용 빌런을 찾기 위함이 아니었다.

제물용 빌런도 찾을 겸 서기원을 구하기 위해 이곳까지 온 것이다.

그는 앞으로의 계획에 있어 반드시 수호의 계획에 필요한 인물이었으니까.

그는 노트북 앞에 쓰러져 있었다.

죽거나 혼절한 게 아니다.

그의 개인 특성 능력이 발동된 것뿐.

'기다려야겠지.'

수호는 그의 앞에 털썩 주저앉았다.

그리고 기다렸다.

그가 스스로의 의지로 다시 정신을 차릴 때까지 말이다.

시간이 얼마나 지났을까?

마침내 서기원의 육체가 움직이기 시작했다.

그는 가위에서 깨어나려는 것처럼 손가락부터 하나씩 까딱이기 시작했고 얼마 지나지 않아 고꾸라진 몸을 뒤집더니 '흐어업!' 소리와 함께 고개를 들었다.

그리고 수호와 눈을 마주치자마자 온몸이 딱딱하게 굳었다.

"어, 어……?"

"안녕하세요?"

"누, 누구……?"

"처음 뵙겠습니다. 안수호라고 합니다."

수호는 사람 좋은 미소로 그를 반겼다.

그러자 수호를 본 서기원은 반쯤 벌린 입과 함께 잠시 눈을 껌뻑이더니 소스라치게 놀랐다.

"아, 안수호?! 내가 아는 그 안수호요?!"
"저를 아시나 보네요?"
"지, 진짜 안수호예요? 뉴스에 나오는 그?"
"예, 맞습니다."
"다, 당신이 왜 여기에…… 아, 아니 그전에 여기 있던 사장님들은 어디……."
횡설수설하는 서기원.
당연했다.
그는 그가 '사장님'이라 부르는 네 명에 의해 무려 반년 동안이나 감금 당하고 있던 상태였으니까.
그렇기에 그는 정신 상태가 매우 불안정했다.
반년간 감금되어 있는 동안 그는 매일같이 구타와 학대에 시달려 왔기에.
수호는 짙은 블랙 아우라를 뿜는 그에게 손을 뻗었다.
아무래도 현재 상태론 대화가 불가능해 보였으니까.
이윽고 아이템 효과가 발동됐다.
[희로애락의 반지가 대상의 가장 강렬한 감정에 반응합니다.]
[흡수할 수 있는 감정은 '블랙'입니다.]
[대상으로부터 감정을 흡수합니다.]
수호의 귓가에 바람 휘몰아치는 소리가 들리더니 이내 그가 가진 부정적인 감정 에너지들이 반지로 흡수되었다.

그러자 가쁘기 그지없던 그의 숨소리가 점차 안정화되더니 얼마 뒤엔 그조차 깜짝 놀랄 만큼 심신이 편안해졌다.

'희로애락의 반지만큼 감정 치유에 특화된 아이템도 없다고 했지.'

수행자에게 배운 반지 활용법이었다.

물론 그 효과가 영원하진 않지만 필요할 때마다 반지를 써 주면 적어도 한 사람의 지속적인 케어는 가능했다.

이윽고 마음의 평화가 찾아온 서기원은 여전히 놀랐지만 아까보단 좀 더 점잖아진 모습으로 자신의 손과 수호의 얼굴을 번갈아 가며 쳐다보았다.

"이제 좀 괜찮으십니까?"

"어떻게 이럴 수가……."

"그냥 스킬 효과입니다. 많이 불안정해 보이셔서 조치를 좀 취했습니다."

"아……."

수호의 대답에 고개를 끄덕이는 서기원.

드디어 정상적인 대화를 할 수 있는 상황이 됐다.

그때, 먼저 입을 연 건 다름 아닌 서기원이었다.

"그럼…… 전 이제 어떻게 되는 거죠?"

"무얼요?"

"……다 알고 오신 거 아닌가요?"

"예, 뭐. 대충 다 알고 오긴 했습니다."

"역시……."

절망하는 그.

당연했다.

서기원도 알기 때문이다.

자신이 반년 동안 붙잡혀 있으면서 해 온 것들은 전부 다 불법적인 일이란 걸.

그가 고개를 푹 숙이며 말했다.

"전 이제 감옥에 가게 되는 건가요?"

"감옥을요?"

"예."

"왜요?"

"그야 제가 여태 한 일들은 전부 나쁜 짓이었으니까요?"

"그건 납치 감금 당한 상태에서 억지로 시켜서 한 일이 잖아요?"

"그……죠?"

"근데 왜 감옥을 가요?"

"……그러네?"

그의 대답에 수호는 순간 웃음을 터뜨릴 뻔했다.

'서기원…… 아니, 그 유명한 '메테오'가 이런 성격이었을 줄이야.'

메테오.

그것은 서기원의 별명으로 사람들이 존경심을 담아 붙여 준 이명이기도 했다.

그의 별명이 메테오인 이유는 간단했다.

그는 전생에 자신의 몸을 던져 별 하나를 박살 내 사람들을 구한 존재였으니까.

수호가 옅은 미소와 함께 물었다.

"근데 절 아시네요?"

"예, 뭐…… 사실 모르는 게 더 이상하지 않을까요? 현재 한국에서 가장 유명한 사람이 그쪽이신데."

"하긴 그것도 그렇죠."

매일같이 언론을 달궈 대는데 모르는 게 더 이상할 테지.

서기원이 물었다.

"근데…… 제가 여기 있는 건 어떻게 아셨어요? 제가 알기로 그쪽은 아직 대헌협 소속도 아니시지 않나요?"

그 말에 수호가 고개를 끄덕이며 말했다.

"예, 전 아직 대헌협 소속이 아닙니다. 하지만 아무도 모르는 특별한 능력을 하나 가지고 있고 그 능력을 통해 서기원 씨를 찾은 겁니다."

"특별한 능력이요?"

"예, 저한테는 예지 능력이 있습니다."

"……예?"

수호의 말에 순간 서기원의 눈이 접시만큼 커졌다.

물론 거짓말이었다.

그도 그럴 게 현생과 전생을 통틀어 예언과 관련된 특성이나 스킬, 아이템은 여태껏 단 한 번도 발견된 적이 없었으니까.

그렇기에 수호는 자신을 예언자라고 소개했다.

다른 사람도 아니고 메테오 서기원을 손에 넣으려면 적어도 이 정도 거짓말이 필요했기 때문.

수호가 말했다.

"서기원 씨, 전 여태껏 단 한 번도 제 예지 능력에 대해 발설한 적이 없습니다. 하지만 그럼에도 불구하고 당신에게 이러한 능력을 밝힌 이유는 제가 나아가야 할 앞으로의 여정에 당신이 반드시 필요하기 때문입니다."

"제, 제가요?"

"예. 국내 유일의 사이버계 특성 소유자이자, '디지테이션'의 능력을 가진 당신이 말입니다."

디지테이션.

그것은 세상에 존재하는 수많은 특성들 중 유일한 사이버계 특성 능력의 이름으로 그 효과는 플레이어의 정신을 넷상으로 전송시키는 것.

그게 디지테이션이 가진 유일한 효과였으며 전 세계에 딱 두 명밖에 발현되지 않은 초희귀 특성이기도 했다.

물론 처음엔 다들 디지테이션이 얼마나 대단한 특성인

지 몰랐다.

아니, 존재조차 몰랐다.

'오버로드가 나타나기 전까진 말이지.'

오버로드.

그는 서기원과 함께 세상에 딱 2명뿐인 사이버계 특성 능력자로 그 또한 디지테이션의 소유자였다.

그는 세계적인 명문대라 불리우는 인도 공대 출신의 엘리트였는데 그래서일까?

그는 뛰어난 머리를 바탕으로 디지테이션이 얼마나 대단한 능력인지 금방 파악했고.

파악한 정보를 바탕으로 약 십여 년에 걸친 준비 끝에 디지테이션을 활용해 지구의 모든 네트워크 시스템을 장악해 버리는 초유의 사태를 일으켰다.

수호가 당시의 기억을 떠올리며 고개를 저었다.

'다시 생각해도 정말 말도 안 되는 짓거리였지.'

이건 정말이지 초유의 사태였다.

그도 그럴 게 오버로드는 말 그대로 전 세계…… 아니, 지구에 존재하는 모든 전자 시스템을 장악해 버렸으니까.

처음엔 다들 말도 안 되는 일이라고 생각했다.

허나 그는 보란 듯이 세상의 모든 네트워크 시스템을 통제하며 종국에는 각국의 핵무기들을 인질로 전 세계를 협박하기까지 했는데 그땐 게이트가 아니라 오버로드 때문에 세상이 멸망할 줄로만 알았다.

세상이 격변하고 플레이어 시스템이 생겨났어도 현대는 여전히 인터넷 네트워크 시스템에 많은 걸 의존하고 있었으니까.

그래서 그는 오만하게도 스스로를 오버로드이자 지구 그 자체, 혹은 행성의 지배자라고 칭했다.

그리고 그때 나타난 게 바로 서기원이었다.

서기원이 말했다.

"왜, 왜요?"

"당신이 있어야 미래의 재앙을 막을 수 있기 때문입니다."

"재앙이요?"

재앙이란 말에 그의 눈이 휘둥그레 커진다.

아마 다른 사람이 말했다면 농담하지 말라며 웃고 넘겼을 것이다.

하지만 눈앞의 남자는 장안의 화제이자 이슈 메이커 그 자체인 안수호였다.

게다가 그는 경찰과 대헌협도 찾지 못한 자신을 보란 듯이 찾아 구해 주지 않았던가?

수호의 말이 계속해서 이어졌다.

"예, 머지않은 미래에 사람이 만들어낸 인재(人災)가 세상을 위협합니다. 다른 나라에 당신과 똑같은 능력을 가진 사람이 나타나거든요."

"……아!"

그 말에 서기원은 단번에 납득해 버렸다.

그도 아는 것이다.

자신이 가진 능력이 얼마나 대단한 능력인지를.

'실제로 서기원은 자신의 능력을 활용해서 혼자 탈출하기까지 했으니까.'

그가 탈출한 방법?

간단했다.

오버로드와 같은 능력을 가진 그는 약 1년여의 감금 생활 중 과도한 스트레스로 인해 정신적 각성을 이루는데 디지테이션 능력으로 경찰들을 불러 탈출해 버린 것.

물론 그 이후엔 경찰 조사 과정에서 도망쳐 버렸다.

그는 더 이상 사람과 엮이는 것 자체에 환멸을 느끼며 진절머리가 났기 때문.

이후엔 종적을 감췄다.

디지테이션만 있으면 세상에 자신의 흔적을 지우는 것쯤은 아무것도 아니었으니까.

하지만 영원히 초야에 묻혀 살 것 같았던 그도 오버로드가 등장하며 다시 모습을 드러낼 수밖에 없었다.

서기원도 그를 보며 깨달은 것이다.

자신이 아니면 그 누구도 오버로드를 막을 수 없겠다는 걸.

그래서 그는 인터넷에 자신의 이야기를 담은 자서전을 유서처럼 업로드한 뒤 오버로드와 함께 공멸을 택했다.

조용히 지낸 자신과는 달리 너무 커져 버린 오버로드를 확실하게 끝낼 수 있는 방법은 그것밖에 없다고 판단해서였다.

그래서 서기원이 메테오라 불리우게 된 것.

스스로를 희생해 신이자 행성임을 자처하는 오버로드를 끝내 버렸으니까.

'하지만 이번엔 오버로드의 탄생도 서기원의 죽음도 일어나지 않을 것이다.'

수호가 서기원을 통해 그렇게 만들 생각이었으니까.

수호가 말을 이었다.

"서기원 씨, 전 제가 가진 능력을 통해 미래에 일어날 일들을 알 수 있습니다. 그래서 도전의 탑은 물론 봉인 게이트도 공략할 수 있었던 거구요. 그래서 전 당신이 필요합니다. 이 세상은 언젠가 게이트와 시스템에 의해 멸망하게 될 텐데 그 비극을 막기엔 저 혼자로썬 역부족이거든요. 그러니 서기원 씨, 부디 저와 함께해 주시겠습니까?"

수호의 말에 서기원의 눈동자가 지진이라도 난 것처럼 떨리기 시작했다.

전혀 생각지도 못한 사람에게 구출된 것도 놀라운데 그 사람에게 이젠 동료로 들어오라는 제안까지 받았으니까.

심지어 이유도 거창했다.

세상이 멸망할 거라니?

그래서일까?

서기원은 머리가 터질 것만 같았다.

이 말도 안 되는 상황을 도무지 이성적으로 받아들이기가 힘들었기에.

하지만.

[희로애락의 반지가 대상의 가장 강렬한 감정에 반응합니다.]

[흡수할 수 있는 감정은 '블랙'입니다.]

[대상으로부터 감정을 흡수합니다.]

수호는 그의 감정이 불안정해지자마자 바로 희로애락의 반지를 사용했다.

그러자 서기원의 머릿속이 거짓말처럼 맑아졌고 다시 한번 침착하게 고민할 수 있었다.

'어떡하지?'

서기원은 좀처럼 쉽게 답을 내리지 못했다.

하지만 그 고민은 오래가지 않았다.

이유는 세 가지 때문이었는데.

첫 번째 이유는 이곳에 갇혀 있는 동안 만약 여기를 탈출할 수만 있다면 악마에게 영혼이라도 바치겠다고 다짐한 적이 있어서였고.

두 번째로는 그냥 거절해 버리기엔 수호에게 너무 미안한 마음이 들어서였다.

어쨌든 그는 자신을 구해 준 은인이었으니까.

그리고 마지막 세 번째 이유는……

'나 같은 사람이 또 있다니…….'

꿀꺽-

서기원은 마른침을 꿀꺽 삼켰다.

그는 잘 알고 있었다.

자신의 능력이 어떤 것인지에 대해.

그렇기에 수호가 말한 재앙이 어떤 종류의 재앙일지도 어렴풋이 예상이 됐다.

그렇기에 거절할 수가 없었다.

서기원은 본디 천성이 착한 이타심 넘치는 사람이었으니까.

한참의 고민 끝에 결국 서기원은 대답할 수밖에 없었다.

"알……겠습니다."

느릿한 대답.

허나 허락했다.

그렇기에 수호는 웃을 수 있었다.

"수락해 주셔서 감사합니다."

"아, 아닙니다…… 저야말로 잘 부탁드립니다."

서기원의 수락.

사실 수호는 그가 자신의 제안을 받아들일 거라고 예상하고 있었다.

그의 자서전에서 본 서기원은…… 아니, 인류를 위해 자신의 목숨을 던진 것만 봐도 그는 이타심이 넘치는 사람이란 걸 알 수 있었으니까.

수호가 웃으며 말했다.

"그럼 일단 자세한 이야기에 앞서 나가서 밥부터 먹을까요?"

"밥이요?"

"예."

그 말과 함께 수호는 주변을 둘러보았다.

노트북 주변에 빈 편의점 도시락과 빵 봉지, 그리고 빈 우유곽들.

그는 이곳에 죄수처럼 갇혀 이런 음식들을 먹고 살았다.

구석에는 언제 빨았는지도 모를 낡은 담요 하나가 있었는데 그게 서기원의 잠자리였다.

수호가 다시 시선을 옮겨 서기원을 보았다.

그러자 서기원이 식욕에 침을 꼴깍 삼키며 말했다.

"근데 제가 돈이 없는데……."

"당연히 제가 사 드려야죠. 돈 걱정은 안 하셔도 됩니다."

"그럼 이번만 좀 부탁드리겠습니다."

쑥스럽다는 듯 고개를 숙이며 어색하게 웃는 서기원.

수호는 그런 서기원의 행동에 속으로 조금 놀랐다.

설마 이런 상황에서 저런 말을 할 줄은 전혀 예상하지 못했기 때문이다.

그렇기 때문에 수호는 서기원을 납치한 4인방을 반드시 엄벌에 처해야겠다고 생각했다.

'이렇게 착한 사람을 반년이나 가둬 놓다니…….'

더 황당한 사실은 서기원을 감금한 4명은 심지어 서기원과 같은 보육원에서 지냈던 형제 같은 사이였다는 것.

수호는 고개를 저으며 인벤토리에서 미리 준비해 온 슬리퍼를 꺼내 그에게 내밀었다.

그러자 서기원의 눈이 또 한 번 커졌다.

"어, 어떻게……?"

"아시잖아요, 그러니 편하게 신으세요."

"……감사합니다."

수호는 일부러 서기원이 신을 슬리퍼를 준비해 왔다.

전생에서 본 그의 자서전에 따르면, 그는 이곳에 감금되어 있는 동안 밖으로 도망치지 못하게 하기 위해 신발조차 없이 살았다고 적혀 있었기 때문이다.

이윽고 두 사람은 반지하를 나와 계단을 올랐다.

그리고 완전히 밖으로 나왔을 때, 서기원은 구름 한 점 걸려 있지 않은 푸른 하늘과 맑게 빛나는 태양을 볼 수 있었다.

햇빛을 본 서기원은 깜짝 놀랐다.

시간이 벌써 이렇게 된 줄도 몰랐지만 그것과 더불어 너무 오랜만에 맑은 하늘과 밝은 태양을 보았기 때문이다.

"아……."

그것은 서기원에게 있어 다시 만난 희망이었다.

수호는 인근의 조용한 노포 국밥집으로 서기원을 데리고 갔다.

다행히 오래된 곳이라 그런지 수호를 알아보는 사람은 없었고 두 사람은 편안한 분위기에서 식사를 할 수 있었다.

서기원은 국밥이 나오자 허겁지겁 밥을 먹었다.

정말 오랜만에 먹는 제대로 된 밥이었다.

수호는 게 눈 감추듯 밥을 비우는 그를 보며 국밥 한 그릇과 수육을 추가로 시켜 주었고 서기원은 민망해하면서도 거절하지 않았다.

그리고 어느 정도 그의 배가 채워졌을 때, 서기원은 그제서야 한숨 돌릴 수 있었다.

그가 민망하게 웃으며 말했다.

"하하…… 죄송해요. 너무 오랜만에 먹는 밥이라 저도 모르게……."

"아닙니다. 잘 드시니까 보기 좋은데요, 뭘."

"감사합니다. 저…… 근데 혹시 궁금한게 있는데 여쭤봐도 될까요?"

"그럼요. 저흰 이제 한 팀이잖아요."

"감사합니다. 근데…… 호칭은 어떻게 하면 될까요?"

조심스럽게 묻는 서기원.

그의 물음에 수호가 피식 웃으며 말했다.

"그냥 편하게 부르세요. 나이도 한 살밖에 차이 안 나는데 그냥 이름으로 부르셔도 됩니다."

"아, 아뇨! 한 살 차이라도 형은 형이죠. 그럼 형님이라고 부르겠습니다. 형님도 말씀 편하게 해 주세요."

"그래, 그럼."

형님이란 호칭.

보육원 생활을 오래해서 그런가, 그는 형이나 형님 호칭이 더 익숙했다.

서기원이 말했다.

"저…… 형님, 근데 왜 하필이면 대헌협이세요?"

"하필이면 대헌협이라니?"

"그렇잖아요, 예지 능력을 갖고 계실 정도면 따로 길드를 만드시거나 다른 대형 길드에 들어가셔도 충분하지 않나요? 오히려 대헌협 같은 곳에 들어가면 활동하시는데 제약이 많을 것 같은데……."

그 말에 수호가 픽 웃었다.

전에도 같은 질문을 받았기 때문이다.

하지만 다른 사람도 아니고 예언자라는 거짓말까지 해 놓은 서기원에게 같은 대답을 할 순 없었다.

수호가 말했다.

"국가기관이잖아."

"네?"

"아무리 길드가 커져도 결국엔 공권력만 못 하잖아. 그리고 난 미래에 닥칠 세상의 멸망도 막을 생각이지만 그때까지 발생할 다른 피해들도 최대한 줄여 볼 생각이야. 그러려면 대헌협만 한 곳이 없지."

"그렇군요……."

수호의 말에 서기원이 고개를 끄덕인다.

호기심들이 한방에 납득됐기 때문이다.

수호가 이어서 말했다.

"물론 너한테까지 대헌협에 들어오라고 할 생각은 없어. 난 나고 넌 너니까. 그리고 우리가 함께하는 일은 또 별개의 일이니까. 근데 이거 하나만큼은 약속할게, 나랑 함께하는 동안은 절대로 두 번 다시 이런 일이 발생하지 않도록 널 지켜 줄게."

수호의 호언장담에 서기원이 웃었다.

말만 들어도 든든했기 때문이다.

"네, 감사합니다. 그럼 형님만 믿겠습니다."

"그런 의미에서."

"네?"

"일단 나랑 일 하나만 같이하자."

"일이요? 일이라면 어떤……."

"너 감금시켰던 놈들 있잖아."

"아, 네."

"일단 그놈들부터 조지자."

"……네?"

"따라와."

수호가 씩 웃으며 서기원과 함께 가게를 벗어났다.

Chapter 5

"……뭐? 누구? 괴도?"

- 예, 그렇습니다. 선배님.

대헌협 특수부.

피성열은 수호의 전화를 받고 황당함에 미간을 좁혔다.

- 수배자 리스트를 보시면 괴도라고 있을 겁니다. 전자화폐 지갑만 골라서 터는 놈들요.

수호의 설명에 피성열은 부하 직원에게 손짓했고 부하 직원은 얼른 패드에 괴도의 자료를 띄워 피성열에게 내밀었다.

피성열이 말없이 괴도에 대한 자료를 읽어 내려간다.

그러더니 자기도 모르게 헛웃음을 터뜨리며 말했다.

"있네, 괴도. 전자지갑만 털어서 처음엔 그냥 해킹범인 줄 알았으나 녀석들이 손상시킨 전자지갑에서 다량의 마력이 측정되어 일반인 범죄자가 아닌 빌런으로 분류됐다고."

- 예, 맞습니다.

"그래서, 그놈들은 지금 어딨는데?"

- 싹 다 조져서 제가 따로 데리고 있습니다. 당연히 증거 자료도 다 준비했고 훔친 전자화폐도 전부는 아니지만 가진 건 전부 압수해서 확보해 두었습니다.

"뭐? 벌써?"

- 예, 선배님 안 번거롭게 미리 만져 두었으니 바로 잡아 넣기만 하시면 됩니다.

수호의 말에 피성열이 다시 한번 미간을 좁혔다.

그것은 진실의 미간으로, 동시에 감탄의 미간이기도 했다.

피성열이 아저씨 특유의 가래 끓는 소리를 내며 말했다.

"이야…… 역시 후배님은 뭐가 달라도 다르네. 아직 일을 알려준 적도 없는데 어쩜 내 스타일대로 이렇게 일을 잘하지?"

- 하하, 과찬이십니다.

"과찬은 무슨…… 이런 건 누가 가르쳐 준다고 해서 되는 게 아냐. 타고난 일머리 자체가 좋아야 한다고. 그래서 지금 어디야? 내가 바로 지원 보내 줄게."

- 예, 감사합니다. 여기 위치가 어디냐면……

수호는 주소를 불러 준 뒤 통화를 마쳤다.

그런 다음 녀석들이 지내던 지하집으로 들어갔다.

그러자 그곳에는 전직 '사장님'이자 현 '괴도'로 불리는 놈들을 후드러 패는 서기원을 볼 수 있었다.

"흐어! 미안해! 미안해!!"

"제발! 제발! 잘못했어!"

"끄아아아!!"

수호는 흐뭇하게 그 모습을 보았다.

수호가 국밥집에서 서기원에게 제안했던 일.

그것은 그를 이렇게 만든 놈들을 서기원이 직접 단죄하는 것.

그것도 육체적인 단죄를 말이다.

그에게 이런 제안을 시킨 이유야 많았지만 대표적인 것 한 가지만 꼽으라면 서기원의 마음속에 남아 있을 트라우마를 지우기 위해서였다.

'그의 자서전에 따르면 서기원은 잠적한 후에도 과거의 기억 때문에 꽤 오랫동안 괴로워했다고 했다.'

그래서 일부러 이런 제안을 한 것이다.

이런 식으로 서기원이 직접 그들을 단죄하면 여러모로 정신적 치유에 도움이 될 테니까.

'그래도 모자라면 내가 케어해 주면 되고.'

자신이야 있었다.

수호에겐 희로애락의 반지가 있었으니까.

그때, 수호의 인기척을 들은 서기원이 상쾌하게 땀을 훔치며 고개를 숙였다.

"형님 오셨습니까?"

"어, 그래. 그나저나 많이 때렸냐?"

"예, 이번에도 죽지 않을 만큼만 때렸습니다."

"잘했네."

서기원이 개운하다는 듯 말한다.

그의 개운한 표정을 보니 새삼스레 희로애락의 반지가 참 대단하다는 생각이 들었다.

그도 그럴 게 희로애락의 반지가 아니었으면 서기원은 지금쯤 녀석들의 단죄는커녕 놈들을 쳐다보는 것조차 힘들어했을 테니까.

수호가 피떡이 되어 꿈틀거리는 녀석들을 치료해 주며 말했다.

"방금 특수부에서 사람 보냈다니까 슬슬 마무리 짓자."

"예, 그럼 힘내서 마지막까지 최선을 다하겠습니다."

"그래, 마인드 좋다."

그때, 두 사람의 대화를 들은 놈들이 매달리듯 외치기 시작했다.

"기, 기원아! 제발! 제발 살려줘라! 응?"

"제발! 이렇게 부탁할게!"

"내가 잘못했어!"

그러나 서기원은 단호했다.

"입 다물어."

다시 몽둥이를 들고 후드러 패기 시작하는 서기원.

수호는 그런 서기원을 보며 다시 한번 흐뭇한 미소를 지었다.

그런 다음 아까 전에 미리 완성해 둔 각종 서류들을 확인하기 시작했다.

그것은 놈들의 손으로 직접 쓰게 한 자필 자백서였는데 거기에는 자신들이 어떤 동기로 이런 짓을 벌였으며 서기원은 어떻게 납치하고 감금했고, 서기원을 이용해 어떤 범죄를 저질렀는지 등 놈들의 모든 행적이 하나도 빠짐없이 모두 적혀 있었다.

'서류는 이 정도면 충분하겠네.'

서기원은 분명 대단한 능력자였지만 그렇다고 피성열에게 서기원의 존재에 대해 감출 생각은 없었다.

현재 서기원의 가치는 오직 수호만 아는 상황이었으니까.

'게다가 오히려 감추는 게 더 수상해 보이지.'

그래서 수호는 서기원을 불쌍한 피해자로 보이게 한 다음 피성열의 관심에서 멀어지게 할 생각이었다.

자신은 있었다.

수호가 아는 피성열은 자신의 눈으로 쓸모가 증명되지 않는 한 웬만해선 호감을 비치지 않는 사람이었으니까.

그렇게 한참 동안이나 네 사람을 더 두드리고 치료하던

끝에 마침내 특수부에서 파견된 직원들이 빌라 앞에 도착했다.

그런데.

"이야…… 후배님, 이런데서 혼자 고생하고 있었던 거야?"

놀랍게도 피성열이 직접 현장에 나타났다.

피성열을 본 수호가 얼른 인사했다.

"선배님 오셨습니까? 근데 바쁘신 선배님께서 어떻게 직접……."

깜짝 놀랐다.

설마 피성열이 직접 올 줄은 몰랐기 때문이다.

수호의 말에 피성열이 웃으며 말했다.

"하하, 일종의 서프라이즈지, 뭐. 우린 각별한 사이잖아?"

하하, 각별하긴 개뿔.

근데 좀 의외였다.

설마 그 바쁜 피성열이 직접 올 줄이야.

허나 그가 직접 나타났다는 건 그만큼 수호가 피성열의 애정과 관심을 받고 있다는 뜻이기도 했다.

현장에 나타난 피성열이 바닥에 누워 덜덜 떠는 괴도들을 보며 물었다.

"얘네가 그 괴도야?"

"예, 그렇습니다."

"그렇군. 근데…… 얘네들 상태가 다 왜 이래?"

말 그대로였다.

마침 치료가 끝난 타이밍에 나타난 터라 놈들의 상태 자체는 멀쩡했지만 치유의 빛이 옷에 묻은 핏자국까지 지울 수 있는 건 아니었으니까.

그러나 수호는 당황하지 않고 당당하게 말했다.

"실은 제압 과정에서 마찰이 좀 있었습니다."

"그래?"

그 말에 피성열이 괴도들을 다시 한번 힐긋 본다.

"근데 다친 곳은 안 보이는데?"

"혹시 몰라 제가 싹 다 치료해 뒀습니다."

"뭐? 파하하핫!"

박장대소하는 피성열.

그는 진심으로 웃겼는지 눈가엔 살짝 눈물까지 고인 상태였다.

그가 눈가의 눈물을 닦아 내며 말했다.

"아, 이거 참 골 때리네. 후배님, 그렇게 안 봤는데 일하는 스타일이 아주 화끈해?"

"죄송합니다. 그랬으면 안 됐는데 제가 이런 현장은 처음이다 보니……."

"아냐, 아냐. 내가 지금 야단치는 걸로 보여? 칭찬한 거야, 칭찬. 아직 현장을 안 뛰어 봐서 모르나 본데……."

말을 잇던 피성열이 슬쩍 다가와 수호에게 목소릴 낮춰

말했다.

“일반 수배자라면 모를까, 빌런들은 죽이지만 않으면 돼. 어차피 우리 애들이 와서 치료해 주면 그런 증거는 없어지니까.”

“아, 그렇습니까?”

“그래, 솔직히 까놓고 말해서 일반 범죄자 놈들도 죽이지만 않으면 때려잡아도 돼. 우리 애들이 사람 하나는 기가 막히게 고치거든. 언제까지 범죄자 인권 챙겨 줄 거야?”

“역시 특수부십니다.”

자랑스럽게 말하는 피성열.

근데 이건 사실 수호도 알고 있는 사실이었다.

수호도 한때 특수부에서 일했으니까.

그리고 이런 스타일의 일 처리 방법도 피성열에게 배운 것.

‘플레이어 범죄자를 어떻게 상처 하나 안 입히고 잡을 수 있겠어.’

그런 의미에서 수호는 이번에 전사가 아닌 치유사를 선택하길 참 잘했다는 생각이 들었다.

전에는 항상 파트너 치유사를 데리고 다니거나 치료약을 범죄자들 입에 쑤셔 넣었었는데 이젠 그러지 않아도 됐으니까.

이윽고 수호가 미리 준비한 서류를 피성열에게 건네자

피성열이 서류를 좌르륵 넘겨보며 고개를 끄덕였다.

“이야, 서식 깔끔한 거 봐라. 지금 바로 현장에 투입시켜도 손색이 없겠는데?”

“감사합니다.”

“범행 동기도 확실하고 그동안 훔친 계좌도 전부 나와 있고. 근데…….”

서류를 살피던 피성열이 시선을 옮겨 서기원을 보았다.

“저 친구를 이용했다고?”

“예, 그렇습니다.”

조사가 진행되는 동안 서기원은 수호의 지시대로 최대한 불쌍한 척 앉아 있었다.

사실 척을 안 해도 현재의 서기원의 외견은 노숙자와 다를 바가 없긴 했다.

예컨대 손질 안 된 머리에 눈 밑의 진한 다크서클, 그리고 구멍 나고 늘어난 티셔츠와 언제 빨았는지도 모를 바지는 그동안의 힘든 생활을 증명하는 처절하고도 생생한 증거들이었으니까.

수호가 얼른 뒷말을 덧붙였다.

“서기원 씨와 저놈들은 같은 보육원 출신인데 서기원 씨의 개인 특성을 알게 되자마자 서기원 씨를 납치 감금하여 이 같은 범죄를 계획했다고 했습니다.”

“쯧쯧, 씹어 죽여도 시원찮을 놈들이네. 근데 사이버계 특성이라…… 나도 꽤 많은 특성들을 봤지만 이런 건 또 처음이네. 원리가 뭐래?"

"실존하는 기술력이 아니라 플레이어 특성을 활용한 시스템 범죄라 복잡한 전자화폐 지갑을 뚫을 수 있었다고 합니다."

"그래? 그럼 좀 위험한 거 아냐? 따로 관리해야 될 것 같은데."

"굳이 그럴 필요가 있을까요? 제가 알기로 이런 특성은 서기원 씨가 유일한 걸로 알고 있거든요."

"해외에는 이런 특성 소유자가 없나?"

"예, 궁금해서 한번 서치해 봤는데 없었습니다."

"그래?"

수호의 설명을 듣던 피성열이 고개를 끄덕인다.

그러더니 이내 눈을 좁히며 은근한 어조로 물었다.

"근데…… 이 디지테이션인가 뭔가 하는 능력, 게이트 안에서 써먹을 수 있나?"

역시.

피성열의 초점은 애초에 다른 곳에 있었다.

제아무리 희귀 특성이라도 실질적인 쓸모가 있냐 없냐에 말이다.

수호가 얼른 고개를 저었다.

"이미 물어봤는데 계열 자체가 사이버계라 게이트나 이

런 거엔 일절 관련 없다고 합니다."

"그럼 진짜 현실에서나 써먹을 수 있는 기술이란 거네?"

"예, 그렇습니다. 아마 민간 길드 중에 보안 쪽으로 쓸모를 원하는 곳이 있으면 채용해 갈 것 같습니다."

"흠, 보안 쪽이면 적어도 우린 필요 없다는 거네. 전투원이나 보조 지원도 안 되는 거니까."

"예, 뭐. 기준점이 그러시다면 그럴 것 같습니다. 저 근데요, 선배님."

"응?"

"혹시 서기원 씨 처분은 어떻게 될지 여쭤봐도 될까요? 그래도 피해자인데 설마 서기원 씨한테도 처벌이 이루어질까요?"

조심스럽게 질문하는 수호.

허나 그 억양이나 표정에는 처벌하지 않았으면 하는 뉘앙스를 담았다.

일부러 그랬다.

현재 피성열은 수호에게 호감이 있는 상태인데다 괴도들을 상대로 능력 증명도 했으니 웬만하면 수호의 뜻대로 해 줄 가능성이 농후했으니까.

'그래야 나한테 더 큰 호감을 얻지.'

게다가 수호가 이리 자세까지 낮추며 눈치를 보는데 어찌 후배의 뜻을 안 따라 줄 수가 있을까?

그는 계산적이고 권위적인 남자였다.

그러자 아니나 다를까 그가 피식 웃으며 말했다.

"왜, 피해자 케어하다 보니까 마음이 약해지든?"

"마음이 약해진다기보단…… 정말 억울해 보여서 그랬습니다."

"후후, 그래. 네 말대로 아무리 그래도 피해자를 처벌할 순 없지. 법은 생각보다 인간적이고 따뜻하거든. 그러니 뒷처리는 걱정 마라, 저분은 혐의 없음으로 끝날 거고 오히려 저놈들한테 배상까지 받을 수 있게 도와줄 테니까."

"정말이십니까? 감사합니다, 선배님."

"감사는 무슨, 난 원래가 공명정대한 사람이야. 근데……."

말을 잇던 피성열이 다시금 눈을 좁히며 물었다.

"넌 이번 사건을 대체 어떻게 알게 된 거냐?"

그래.

드디어 올 게 왔군.

피성열의 물음에 수호는 당황하지 않고 대답했다.

"서기원 씨가 올린 도움 요청글을 봤습니다."

"도움 요청글?"

"예, 서기원 씨가 자신의 능력을 활용해 인터넷에 도움을 요청하는 글을 올렸는데 혹시나 해서 확인차 와 보니 정말로 감금되어 있어 바로 구출 작업을 시행하게 되었습니다."

"……정말 그렇게 찾은 거라고?"

"다들 안 믿는 분위기였지만 저는 믿어 보기로 했습니다. 도움 요청글이 워낙 디테일하기도 했고 제가 아니면 갈 사람이 없다고 판단했기 때문입니다."

수호는 표정 하나 바꾸지 않고…… 아니, 오히려 신념 넘치는 표정으로 말했다.

그래서일까?

피성열이 수호의 표정을 보더니 피식 웃었다.

"후배님은 참 똘끼가 있어. 그래서 좋은 거지만 말이야. 될 놈은 뭘 해도 된다더니 이런 식으로 내 말을 해치워 버릴 줄은 몰랐네."

"운이 좋았던 것 같습니다."

"운도 준비된 사람한테나 따르는 게 운이지. 그래서 난 운도 실력이라고 생각해. 좋아, 약속은 약속이니까 후배님 특채 건은 내가 한번 진행시켜 보도록 하지."

"감사합니다, 선배님."

수호는 정말로 감사한 사람처럼 깊게 허리를 숙였다.

그러자 피성열이 파하하 웃으며 어깨를 두드려 주었고 이내 직원들에게 괴도들의 처리를 지시했다.

허나 그 과정에서 피해자 서기원에 대한 케어는 없었다.

예컨대 보호시설에 보낸다거나 하는.

수호가 고개를 끄덕이며 생각했다.

'그럼 그렇지.'

허나 그런 무신경함이 오히려 고마웠다.

이렇게 되면 수호가 직접 서기원을 케어할 수 있었으니까.

일이 마무리되자 수호가 조용히 서기원을 데리고 나왔다.

"우리도 일단 갈까요?"

"어디로요?"

"제가 지내는 집으로요."

"그, 그래도 되나요?"

"그럼요. 우린 이제 팀이잖아요."

수호가 방긋 웃으며 택시를 부른다.

"우와……."

카이저 청담에 도착한 서기원이 카이저 청담 특유의 웅장함과 화려함에 좀처럼 입을 다물지 못했다.

이해는 됐다.

수호도 여길 처음 왔을 땐 비슷하게 놀랐으니까.

조진휘는 없었다.

연락해 보니 급한 일이 생겨서 며칠 출장이란다.

물론 서기원에 대한 건은 허락을 받았다.

- 그냥 편하게 쓰시면 됩니다. 애초에 이런 것도 상정하

고 안 프로님을 저희 집에 들인 거니까요.

그리 말해 주니 어찌나 고맙게 느껴지던지.

수호는 자연스럽게 서기원에게 샤워를 권한 후 조진휘가 마련해 둔 게스트용 옷들을 내어주었다.

서기원이 옷을 입으며 감탄했다.

"역시 형님은 클래스가 다르시네요…… 이렇게 좋은 집에 사시다니."

"여기 내 집 아니야."

"네? 그럼요?"

"조진휘라고 PBS소속 기자님이신데 내 전속 기자님이셔. 여긴 그분 집이야."

"그, 근데 이렇게 막 써도 돼요?"

"그럼. 다 허락받고 쓰는 거야. 근데 기자님은 내가 예지능력자인 거 모른다?"

"아, 네! 그럼요! 저한테만 말씀하셨다고 하셨으니까 특별한 언질이 있으시기 전까진 입단속 잘하겠습니다."

척하면 척이다.

수호가 웃으며 냉장고에서 음료를 꺼내 와 내밀었다.

그러자 서기원이 두 손으로 그것을 받으며 물었다.

"저 근데요, 형님."

"응?"

"형님 팀에 합류한 것까진 알겠는데 전 이제 뭘 하면 될까요?"

그 말에 수호가 가져온 음료를 한입 먹으며 말했다.

"레벨 올려야지."

"네?"

"너 50레벨 찍고 특성 개화한 다음에 걔네한테 납치됐었지?"

"네, 그렇습니다."

"그럼 반년이나 성장이 멈춰 있었겠네. 그럼 안 돼. 나중에 오버로드를 상대…… 아, 오버로드는 너랑 같은 능력을 가진 사람의 별명이야. 그 사람을 상대하기 위해서라도, 이후에 닥칠 세상의 멸망을 막기 위해서라도 넌 나만큼이나 레벨을 올려야 할 필요가 있어."

"그럼 전 앞으로 형님과 같이 게이트 공략에 참여하게 되는 건가요?"

"아니."

"그럼요?"

"넌 너만의 방식으로 레벨을 올려야지."

그 말에 서기원이 이해하지 못하겠다는 듯 고개를 기울였다.

"어떻게요?"

"넌 앞으로 디지테이션을 최대한 활용하게 될 거야. 그런 의미에서 우선 같이 네트워크 접속부터 한번 해 볼까?"

"같이요? 같이 접속할 수도 있나요?"

"디지테이션 특성의 설명을 한번 봐 봐. 너 혼자만 접속할 수 있다고 되어 있어?"

"아뇨, 그건 아닙니다."

"네 능력은 플레이어의 정신을 네트워크로 전송시키는 능력이야. 그러니 다른 사람의 정신도 전송시킬 수 있다는 거지. 그러니 한번 해 봐. 컴퓨터는 저걸 쓰면 돼."

수호가 거실에 놓인 공용 노트북을 가리키자 서기원이 아리송한 표정을 지으며 능력을 발동시키기 시작했다.

그 모습을 본 수호는 확신에 찬 표정으로 고갤 끄덕였다.

'당연히 되지. 디지테이션에 대한 활용법은 네가 세상에 공개한 거니까.'

수호는 서기원이 죽기 직전에 업로드한 자서전의 모든 내용을 똑똑히 기억했다.

그 안에는 서기원이 살아온 인생에 대한 이야기도 담겨 있었지만 특별 부록처럼 그가 아는 디지테이션에 대한 모든 활용법이 함께 쓰여 있었다.

수호는 그것을 그대로 다시 서기원에게 알려줄 뿐이었고.

그때였다.

[디지테이션이 발동됩니다.]

[서기원 플레이어가 당신의 정신을 네트워크 세상으로 전송시키고자 합니다.]

[의식 전송에 동의하십니까?]

시스템의 물음.

수호의 눈앞에 동의를 구하는 문구가 떠오르자 서기원이 신기하다는 듯 헛웃음을 터뜨렸다.

"이, 이게 정말 되네요?"

"그럼. 설마 내가 안 되는 걸 시켰겠어? 자, 그럼 이제 확인도 됐으니 잠시 컴퓨터 좀 만질게."

"지금요?"

"어, 지금."

수호는 시스템의 물음을 거절한 후 잠시 자기 앞으로 노트북을 끌어와 이것저것 만지기 시작했다.

그리고 얼마 뒤, 만족스러운 표정으로 말했다.

"이제 됐어, 다시 보내 줘."

"뭐 하신 건지 여쭤봐도 돼요?"

"그건 들어가서 알려줄게. 일단 나부터 전송시켜."

"예, 알겠습니다."

이윽고 서기원이 다시 한번 능력을 발동시켰고 아까와 같은 물음이 떠올랐다.

수호는 조금도 망설이지 않고 그것을 수락했다.

[네트워크 세상에 접속합니다.]

쿵-

안내와 함께 수호의 몸이 옆으로 쓰러졌다.

*

정전되듯 의식이 꺼졌다가 다시 살아난다.

눈을 뜨니 수호는 웬 낯선 들판에 홀로 서 있었다.

'여긴…….'

푸른 들판과 높은 하늘.

드넓은 하늘에는 하얀 구름이 그림처럼 걸려 있었고 그 뒤로는 높고 푸른 동산들이 굽이쳐져 있었다.

처음 보는 듯하지만 매우 익숙한 풍경.

당연했다.

여긴 조진휘 기자의 거실 노트북에 설정된 '바탕화면'이었으니까.

수호가 낯설지만 익숙한 풍경에 쿡쿡 웃었다.

"내가 여길 실물로 보게 될 줄이야."

수호는 서기원이 썼던 자서전의 일부를 떠올렸다.

- 난 항상 접속한 기기의 기본 화면에서 눈을 떴기에 나중엔 평범한 거실 사진을 배경으로 설정해 두었다. 그래야 네트워크 세상에 접속한 후에도 소파에 앉을 수 있었으니까.

그렇기에 수호도 처음엔 거실 사진이나 회의실 같은 걸 배경으로 지정해 둘까 싶었다.

하지만 이내 관두고 언젠가 한 번쯤은 직접 보고 싶었던, 세상에서 가장 유명한 바탕화면으로 바꿔 두었다.

그때, 수호의 근처에 웬 데이터 쪼가리들이 일그러지더니 서기원을 뱉어냈다.

네트워크 세상에 접속한 서기원이 수호를 보자마자 감탄하며 다가왔다.

"형님!"

"어, 왔냐?"

"진짜 신기하네요. 저 처음이에요, 여기서 저 말고 다른 사람을 본 건."

"그러게 나도 여기 직접 들어와 본 건 처음이라 여러모로 참 신기하다."

"그러게요. 근데 여기 배경이 왜 이러죠? 분명 아까까지만 해도 노트북 배경은 까망이었었는데?"

바탕화면의 법칙을 아는 서기원이 의아하다는 듯이 말하자 수호가 대수롭잖다는 듯이 말했다.

"내가 바꿨어. 한 번쯤은 보고 싶었거든."

"어? 형님도 혹시 바탕화면의 법칙에 대해 아세요?"

"응, 예지 능력으로 봤어. 그래서 일부러 여기로 설정한 거고. 너도 여기가 어딘지 알지?"

"네, 여긴 윈도우 바탕화면이잖아요. 근데…… 설마 이거 포도에요?"

그 말과 함께 서기원이 바닥에서 포도 한 송이를 집어 들었다.

정말이었다.

그가 집어 든 건 포도였다.

"응, 포도야. 여기 바탕화면이 사실은 포도농장을 촬영한 거라고 하더라."

"엥? 그냥 초원 아니었어요?"

"아니었대."

"와…… 전혀 몰랐네요."

서기원의 감탄에 수호도 포도 한 송이를 들어 알 하나를 따서 먹어 보았다.

으.

그런데 생각했던 것과는 달리 아무런 맛도 안 났다.

그 모습을 본 서기원이 웃었다.

"하하. 형님, 아쉽지만 여기 있는 음식들은 전부 맛이 안 나요. 냄새도 안 나고. 전부 다 겉모습만 재현되어 있는 거예요."

안다.

그래도 일부러 먹어 본 거다.

자서전에 쓰여 있는 내용이지만 책으로만 본 것과 직접 경험해 보는 건 다른 것이었으니까.

그럼에도 수호는 모른 척 되물었다.

"왜?"

"여긴 네트워크 세상이잖아요. 그래서 촉각이나 후각,

미각까진 구현이 안 되어 있어요."

서기원의 말대로였다.

실제로 지금 만지고 있는 포도도 자신이 아는 포도의 감촉이 아닌 좀 이질적인 느낌이 들었으니까.

'그래서 오버로드가 현실을 장악하려고 한 거지.'

어찌 보면 당연했다.

네트워크 세상에 모든 감각들이 재현되어 있다면 이곳 자체가 꿈의 유토피아일진대 왜 굳이 핵무기를 인질로 잡아 국가들을 상대로 협박을 했겠는가?

결국엔 이곳의 모든 것들이 반편짜리 허상이니 현실에 더 집착하게 되는 것이었다.

수호가 고개를 끄덕이며 말했다.

"만약 오감이 완벽하게 재현되어 있다면 다들 이곳에 이주해 와서 살겠지. 그런 면에서 보면 여기와 가상현실 세계의 장단점이 참 뚜렷한 것 같네."

"그렇죠. 그보다 제가 여기서 레벨을 올릴 수 있다는 건 무슨 말씀이세요?"

"아, 그거?"

대답과 함께 수호가 발걸음을 옮기며 질문했다.

"넌 레벨업의 원리가 뭐라고 생각하냐?"

"글쎄요, 경험치를 모아서 나 자체를 성장시킨다?"

"맞아. 레벨업 시스템은 경험치를 통해 나를 무한히 성장시키는 시스템이지. 그런 의미에서 플레이어 시스템은 플레이어가 어느 곳에 있든지 행위 자체만을 인식하고 그것에 대한 경험치를 부여해.”

“어디에 있든지요?”

“응, 그 증거로 난 헌터 시험 때 검술 스킬을 레벨업시켰거든.”

“헌터 시험 때면…… 어, 설마 그럼 가상현실 속에서도 수련이 가능하다는 건가요?”

“가능해, 근데 캐릭터 레벨 말고 스킬 레벨에 한해서만.”

“엥, 왜요?”

“가상현실은 가짜니까. 거기선 죽어도 진짜 죽는 게 아니잖아? 근데 여긴 모든 게 다 진짜지. 그래서 네가 가상화폐 지갑도 털 수 있었던 거고.”

수호는 발걸음을 옮기던 끝에 포도농장 한가운데 뜬금없이 놓여 있는 두 개의 문 앞에 섰다.

서기원은 그것들이 뭔지 대번에 알아볼 수 있었다.

“이건 새 폴더들 아닌가요?”

말 그대로였다.

문은 바탕화면의 새 폴더를 닮아 있었고 실제로도 문패에는 ‘새 폴더1’과 ‘새 폴더2’로 표기되어 있었다.

수호가 말했다.

“역시 잘 아네. 여기 있는 새 폴더1에는 기자님 노트북 바탕화면에 있는 것들을 전부 다 몰아놨어. 그리고 여긴…….”

수호가 남은 폴더를 가리키며 말했다.

“이 안에는 내가 널 위해 준비한 특별한 것들이 들어 있지.”

“특별한 것들요?”

“응, 레벨업해야지?”

수호가 폴더를 활짝 열자 내부에 폴더 내부에 해당하는 또 다른 공간이 생겨났다.

수호는 하수구 속으로 뛰어들듯 자연스럽게 안으로 뛰어들었고 서기원 역시 자연스럽게 따라 들어왔다.

그러자 안에는 귀엽게 디자인된 평범한 문 하나가 보였는데 거기 쓰인 글씨를 본 서기원이 중얼거렸다.

“무료 파일 클리너?”

“그건 가짜 이름.”

“가짜 이름요?”

“응, 이 안에 들어 있는 건 무료 파일 클리너 같은 백신 프로그램 같은 게 아냐, 오히려 컴퓨터 바이러스가 들어 있지.”

컴퓨터 바이러스.

그 말에 서기원의 눈이 더없이 커졌다.

그러더니 정말로 당황한 듯 물었다.

“컴퓨터 바이러스요? 컴퓨터 바이러스로 레벨업을 한다고요?”

“응.”

수호는 당연하다는 듯 말했다.

말 그대로였다.

수호는 자신이 손수 준비한 컴퓨터 바이러스를 통해 서기원을 레벨업시킬 생각이었으니까.

수호의 설명이 이어졌다.

"아까 말했지? 여긴 가상현실과는 달리 실제 세상에 영향을 끼치는 곳이라고, 그러니 이곳에서 죽거나 다치면 실제 세상에도 영향이 가. 겪어 봐서 알잖아?"

그 말에 서기원이 얼른 고개를 끄덕이며 말했다.

"그럼 컴퓨터 바이러스가 저를 죽일 수도 있겠네요?"

"그렇지. 애초에 바이러스의 목적이 대상을 파괴하거나 해킹하려고 제작된 거니까. 그러니 넌 목숨 걸고 이 녀석들을 잡으면 돼."

"제가요?"

"그럼 네가 잡지 누가 잡냐. 걱정 마, 나도 같이 잡을 거니까."

수호는 인벤토리를 열어 예전에 사놓은 적당한 창 한 자루를 서기원에게 건네며 말했다.

"무기 다룰 줄 알아?"

"창만 조금요."

"그럴 것 같았어. 초보자는 검 말고 창이 더 다루기 쉬우니까. 근데 너 클래스가 뭐야?"

"마법사요."
알면서도 물었다.
그래야 대화가 자연스러우니까.
수호가 고개를 끄덕이며 말했다.
"그럼 더더욱 호신용품으로만 쓰면 되겠네. 앞에서 내가 탱킹해 줄 테니까 뒤에서 마법 쏘면서 다시 감 좀 잡아. 사냥도 오랜만이잖아."
수호는 무식하게 서기원을 굴릴 생각이 없었다.
지금 그에겐 급급한 레벨업이 아닌 반년간 감금 당하며 잊고 지냈던 감부터 되찾는 것이었으니까.
그래서일까?
수호의 말에 서기원이 짐짓 감동하며 대답했다.
"네, 알겠습니다. 그리고 감사해요, 형."
"감사는 무슨. 좋아, 그럼 문 연다."
수호는 고개를 끄덕이며 무료 파일 클리너라 적힌 문을 열었다.
바이러스가 든 곳이라고는 생각되지 않게 문은 생각보다 부드럽게 열렸다.
그 모습을 본 서기원이 조용히 말했다.
"근데 누가 바이러스 아니랄까 봐, 이름도 참 그럴싸하게 지어 놨네요."
"무료 클리너 같은 게 바이러스 숨기기 딱 좋지."

문을 열고 들어가자 안에는 웬 식당 카운터처럼 생긴 곳과 종업원이 카운터에 서 있었다.

두 사람이 입장하자 카운터 직원이 말했다.

"어서 오세요, 무료 파일 클리너 이용하시려구요?"

직원은 여자였는데 깔끔한 복장과 더불어 정돈된 생김새가 굉장한 신뢰를 보여주고 있었다.

그러나 수호는 대답 대신 피식 웃으며 서기원에게 말했다.

"그럴듯하지?"

"네, 하마터면 대답할 뻔했네요."

서기원도 대답하지 않았다.

두 사람 모두 대답하지 않은 이유?

간단했다.

저 질문에 대답하는 순간, 두 사람이 방금 열고 온 문이 자동으로 열리며 파일 안에 숨어 있던 바이러스들이 조진휘의 노트북으로 우르르 빠져나갈 테니까.

예컨대 저기 있는 직원은 파일을 클릭하면 사용자에게 물어보는 프로그램 안에 세팅된 자동 응답기 같은 것이다.

- 파일 클리너를 실행하시겠습니까?

이런 것 말이다.

그렇기에 절대 대답하지 않은 것.

그러므로 직원의 물음에 대답하지 않았다고 해서 직원의 눈치를 볼 필요도 없다는 말.

저 직원은 애초에 살아있는 사람 같은 게 아니었으니까.

서기원이 고개를 끄덕이며 말했다.

"바이러스가 숨겨진 파일은 저도 처음 보는 거라 내부가 이럴 줄은 전혀 몰랐네요."

"전자화폐 지갑 쪽은 어떤데? 넌 여태 가상화폐 지갑만 털었잖아."

"거긴 방화벽이랑 암호 프로그램이 설치되어 있는데 구조 자체는 여기랑 비슷하긴 해요. 정식으로 들어가면 프로그램이 절 맞아 주고 비밀번호를 입력하면 되는…… 그래서 정문이 아니라 건물 외벽을 공격해서 가상화폐를 빼돌려 왔죠. 외벽이 두꺼워서 좀 힘들긴 했지만."

그러니 가상화폐 거래소에서도 서기원을 잡지 못한 것이다.

갑작스런 외부 공격에 거래소는 백신이나 이런 것들을 계속 돌렸겠지만 해킹이나 바이러스에 의한 침투도 아니고 프로그램 입장에선 이레귤러 같은 존재가 나타나 생각지도 못한 방식으로 거래소 프로그램 자체를 부숴 버린 것이었으니까.

수호가 말했다.

"근데 거긴 뭐로 부수고 들어갔냐?"

"전에 익혔던 마법 스킬들로요. 처음엔 곡괭이나 망치도 써 보긴 했는데 스킬로 부수는 게 제일 효율이 좋았어요."

"신기하네."

"저도 처음엔 신기했어요."

수호가 고개를 끄덕이며 주위를 둘러보았다.

그러자 누가 봐도 수상해 보이는 입구를 찾을 수 있었다.

문은 없었다.

문처럼 그냥 뚫려만 있을 뿐.

수호가 그리로 다가갔다.

직원은 말리지 않았다.

그녀는 진짜 직원이 아닌 직원의 껍데기를 쓴 오토 프로그램이었으니까.

그렇게 고개를 들이밀고 내부를 살핀 순간.

"와우."

수호는 볼 수 있었다.

시커먼 출입구 너머로 펼쳐진 거대한 공간을.

그리고 그 안에서 퀭한 눈동자로 흐느적거리며 천천히 걸어 다니는 좀비…… 아니, 좀비의 형상을 한 컴퓨터 바이러스들을 말이다.

녀석들의 머리 위엔 이렇게 적혀져 있었다.

- 쩹뙒쉛콺뷁싱 Lv.??

이름도 레벨도 알 수 없는 바이러스들.

녀석들의 이름이 저리된 건 말 그대로 저들이 바이러스였기 때문이다.

그러나 저들의 레벨은 몇인지는 얼추 가늠이 가능했다.

서기원의 자서전에 따르면 놈들은 최초로 마주친 사람과 비슷한 레벨을 띤다고 했으니까.

뒤늦게 들어온 서기원이 끝없이 펼쳐진 녀석들을 보고는 질겁하며 말했다.

"너, 너무 많은 거 아니에요?"

"바이러스가 다 그렇지 뭐. 애초에 타인의 컴퓨터를 고장 내려고 만들어진 놈들인데 벌레처럼 많아야 하지 않겠어?"

"얘네를 다 잡아야 돼요?"

"아니, 여긴 게임으로 치면 던전이 아니라 필드 같은 곳이야. 우린 여길 나갈 수 있지만 저놈들은 여길 못 나가. 아까 직원의 물음에 대답하지 않았잖아."

"아……."

"그러니 정말 죽을 것 같으면 저 문으로 도망치면 돼. 도망에 실패하면 죽는 거고. 그러니 정신 바짝 차려."

말을 마친 수호가 스킬을 발동시켰다.

[블러드 웨폰이 발동됩니다.]

스킬을 발동시키자 손아귀에 혈검이 생성됐다.

혈검을 쥔 수호가 말했다.

"내가 최대한 어그로 끌 테니까 넌 출입구 근처에서 마법만 쏴. 뭔가 죽을 것 같으면 그냥 출입구로 도망치고."

"그럼 형님은요?"

"난 알아서 도망칠게. 참고로 여기 있는 바이러스는 한 번 죽이면 다시 안 살아난다? 그러니까 여기 있는 놈들 다 죽으면 게임 끝이라고 생각하면 돼. 아, 그리고 이놈들은 바이러스다 보니까 채집할 수 있는 것도 딱히 없으니까 그냥 죽이기만 해."

"아……."

"시작하자. 집중해."

"아, 넵!"

이윽고 사냥이 시작됐다.

서걱!

수호의 검이 바이러스 좀비들을 향해 휘둘러진다.

시간이 얼마나 지났을까?

"허억…… 허억……."

서기원은 금방이라도 졸도할 사람처럼 바닥에 누워 숨을 헐떡거렸다.

시간이 얼마나 지났는지도 모른다.

허나 한 가지 확실한 건 꽤나 오랜 시간이 걸렸다는 것이고 그 많던 좀비들을 모두 해치웠다는 것이었다.

서기원이 누운 채로 헐떡이며 말했다.

"형님…… 죽을 것 같아요……."

"고생했다. 근데 사람 그렇게 쉽게 안 죽어."

"하, 하하…… 그, 그렇긴 하죠."

"레벨 몇 개나 올렸냐?"

"자, 잠시만요…… 다섯 개요."

"흠, 괜찮네."

이로써 서기원의 레벨은 55.

물론 수호도 그만큼 레벨을 올렸다.

부족한 마나량과 물리적 전투가 거의 없던 서기원에 비해 수호는 쉬지 않고 내리 싸워 댔으니까.

수호도 자신의 상태창을 확인했다.

[안수호]

- Lv : 59
- 클래스 : 치유사
- 특성 : 뉴블러드
- 근력(R) : 21
- 체력(R) : 21
- 마력(R) : 21
- 감각(R) : 21
- 보너스 스탯 : 13

레벨 하나만 더 올리면 60인데 좀 아쉬웠다.

수호는 이번에 올린 레벨에서 얻은 보너스 스탯과 저번에 얻은 보너스 스탯 전부를 근력에 투자했다.

'어차피 나중이 되면 똑같이 평균을 맞출 건데 굳이 나눠서 올릴 필요는 없지.'

그래서 이번에도 근력을 먼저 올린 후 마력을 올릴 예정이었다.

체력이나 감각의 경우, 이젠 레드 등급이 되어 늦게 올려도 별로 큰 차이가 없었으니까.

스탯 분배를 마친 수호는 시선을 옮겨 여전히 숨 고르기에 여념이 없는 서기원을 보았다.

'그나저나 생각했던 것보다 훨씬 더 센스가 있는데?'

서기원의 본업은 마법사다.

게다가 특성을 얻기 위해 50레벨까지 성장한 사람이라 기본적인 전투 센스도 있는 편.

그렇기에 서기원을 마냥 디지테이션 능력자만이 아닌 한 명의 훌륭한 딜러로 키워도 나쁘지 않겠다는 생각이 들었다.

'누킹되는 마법사로 키우면 밴시 애들이랑도 궁합이 잘 맞을 거고.'

수호가 서기원을 잡아 끌어 올리며 말했다.

"나가자, 휴식은 집에서 편하게 해."

"넵, 알겠습니다."

두 사람이 가벼운 발걸음으로 바이러스 파일 밖으로 나간다.

밖으로 나오니 어느덧 밤이었다.

밖으로 나온 서기원은 비척비척 걸어 침대에 쓰러지듯 잠들었고 수호는 맥주 한 캔을 꺼내 벌컥벌컥 들이켰다.

'시원하네.'

맥주를 얼마만큼 들이켠 수호는 다시 거실 소파에 앉아 노트북을 켰다.

그런 다음 미리 준비해 둔 파일 검사기로 '무료 파일 클리너'를 검사해 보자 놀랍게도 파일 내부에선 바이러스 하나 검출되지 않았다.

'알고는 있었지만 막상 실제로 보니 좀 웃기긴 하네.'

백신 프로그램도 아니고 컴퓨터 바이러스를 물리적으로 제거하게 될 줄이야.

수호는 컴퓨터에 대해 잘 아는 건 아니었지만 현재 자신과 서기원이 한 방법이 전례 없는…… 아니 프로그래머들은 감히 상상도 못 할 정도로 황당한 방법인 건 잘 알았다.

'그래도 서기원 덕분에 이젠 게이트에 안 들어가고도 레

벨을 올릴 수 있는 수단이 생겼군.'

가상현실 프로그램 속에선 스킬 숙련도를 쌓고 컴퓨터 바이러스 던전에선 순수한 경험치와 실전 경험을 쌓는다.

오직 수호만이 할 수 있고 수호만이 떠올릴 수 있는 발상이었다.

수호는 나중에 밴시 애들도 굴려야겠다고 생각하며 인터넷을 켰다.

그런데 인터넷이…… 아니, 세상이 또 한 번 떠들썩했다.

수호가 절망의 늪을 공략한 사실이 발표된 것이다.

- ㅁㅊ 안수호 진짜 절망의 늪도 클리어한 거임?

- 와, 대박이다……

- 이 정도면 나라에서 감사패라도 줘야 하는 거 아니냐?

- 아직 오피셜은 안 떴는데 카더라 발로는 진짜 빨리 클리어했다는데?

ㄴ 얼마나 빨리?

ㄴ 1시간도 안 걸렸다던디?

ㄴ 미친놈, 넌 봉인 게이트가 조스로 보이냐?

ㄴ 왜 나한테 ㅈㄹ임 소문이 그렇다잖아.

- 소문이고 나발이고 안수호는 신이다. 그냥 개쩐다. 킹갓황 그 자체.

- 빛.

- 태초에 안수호가 있고 빛이 있었다.

ㄴ 안멘.

ㄴ 검멘.

- 넥서스는 좋겠네 ㅋㅋ 간만에 넥서스에서 라이징 스타 하나 나왔으니 ㅋㅋ

ㄴ 근데 죽으면 말짱 도루묵이잖어

ㄴ 그건 맞지.

ㄴ 검신님은 안 죽는다. 부정 타게 그딴 소리 좀 하지 마라 ㅡㅡ

휘몰아치는 긍정적인 여론들.

그것들을 본 수호는 자기도 모르게 웃음이 날 수밖에 없었다.

'그래, 헌터는 다른 거 필요 없이 게이트 공략만 잘해도 얼마든지 대접받는 존재지.'

그렇기에 수호는 슬슬 다음 계획을 실행시키기로 했다.

인터넷 여론을 확인한 수호가 전화기를 들었다.

- 예, 헌터님. 무슨 일이십니까?

전화를 받은 사람은 넥서스 길드 대표 배동혁이었다.

수호가 말했다.

"말씀드릴 게 있어서 전화드렸습니다."

- 말씀이라면 어떤 말씀이실까요?

"아무래도 대헌협 입사 시기가 좀 빨라질 것 같습니다."

- ……네?

배동혁의 되물음에 수호는 피성열과 있었던 빅딜에 대해 이야기했다.

그러자 배동혁은 생각지도 못한 소식에 침음성만 삼켰다.

예상한 바다.

그의 입장에서 수호는 이제 막 넥서스에 들어온 대어.

게다가 가뜩이나 몇 달 안 되는 계약 기간이라 이익 내기도 촉박한 시간인데 그 기간이 반토막 나버렸으니 당황스러울 수밖에.

그렇기에 수호도 미리 알린 것이었다.

매도 먼저 맞는 게 낫고 섭섭한 일이 생기면 바로바로 풀어 주는 게 맞았으니까.

수호가 말했다.

"그래서 죄송한 마음에 한 가지 제안을 좀 드려 볼까 합니다."

- ……어떤 제안이요?

"현재 넥서스가 보유 중인 게이트 중에 S급 게이트가 하나 있지 않습니까?"

- 예, 있긴 합니다만…… 그게 왜요?

"그 게이트. 제가 공략해 드리겠습니다. 물론 그 안에서 나온 전리품은 모두 다 넘겨드리는 조건으로요."

그 말에 배동혁의 눈이 보름달처럼 커졌다.

수호의 제안에 배동혁이 마른침을 꿀꺽 삼킨 후 되물었다.

– ……진심이십니까?

“예, 진심입니다. 예상했던 것보다 계약기간이 훨씬 더 짧아졌는데 이 정도는 당연히 해 드려야죠.”

– …….

배동혁은 잠시 대답 대신 숨을 골랐다.

확실히 갑자기 계약기간이 반토막 나다시피 되어 몹시 아쉬운 참…… 아니, 솔직히 말해 몹시 섭섭해하고 있던 참이었다.

이대로 한두 달 만에 넥서스를 나가면 자신들은 말 그대로 잠시 이용당해 버린 꼴밖에 되지 않았으니까.

물론 이전 회동 때 어느 정도 협회에 얼굴도장을 찍어 두긴 했지만 사람 마음 어떻게 변할지 모른다고 뭐든 확실한 게 좋았다.

그런 의미에서 수호가 제안한 S급 게이트의 공략과 그 안에서 발생하는 모든 전리품을 양도해 준다는 건 확실히 섭섭한 마음을 풀기엔 적당한 딜이었다.

‘수익도 수익이지만 이 정도까지 하는데 더 이상 뭐라고 할 순 없지.’

게다가 자신들이 갖고 있는 게이트가 어떤 게이트인가?

그곳은 내부에 잠재된 기대수익이 상당히 높은 게이트였다.

그래서 기를 쓰고 낙찰받았던 것이고.

하지만 수호는 안다.

기대수익이 높은 게이트는 그만큼 난이도가 높다는 걸.

'S급 게이트란 곳이 다 그렇지.'

공략하지 못하는 S급 게이트는 양날의 검이다.

아무리 소유권이 길드에 있더라도 누적 사상자가 많아지면 안전관리를 위해서라도 다시 국가가 관리하게 되어 있었으니까.

그래서 배동혁은 좀처럼 그곳의 공략을 시도하지 못하고 있었다.

이미 몇 차례나 그곳을 공략하려 해 보았지만 매번 실패했기 때문이다.

그때 수호가 이런 제안을 준 것이다.

배동혁이 말했다.

- 제안 자체는 감사드립니다만…… 근데 헌터님은 저희가 보유 중인 게이트가 어떤 곳인지 알고 있으십니까?

"알죠. 땅지기들의 광산 아닙니까? 마정석이 엄청나게 많이 매장된 광산이지만 땅지기들이 상상 이상으로 많아서 공략과 마정석 채집은커녕 앞으로 전진조차 못 하고 있는 곳 아닙니까."

- ……잘 알고 계시네요. 허면 이번 게이트는 마정석 채굴 때문에라도 헌터님 혼자 보낼 수 없다는 것도 아시겠네요?

"예, 알고 있습니다. 그래서 제안드린 겁니다. 그곳에서 나오는 땅지기들은 제가 다 처리하겠습니다. 팀도 제가 꾸리겠습니다. 그러니 대표님께선 채굴팀만 편성해 함께 투입시켜 주세요. 아, 물론 당장이 아니라 여유를 갖고 편성시켜 주시면 됩니다. 저도 그동안 제 팀의 전력을 보강해 두겠습니다."

화끈하고 효율적인 일 처리.

배동혁은 웃지 않을 수가 없었다.

- 알겠습니다. 그리고 감사드립니다. 끝까지 비밀로 하셔도 됐을 텐데 먼저 특채 이야기를 해 주신 것과 그에 대한 배려를 해 주신 것에 대해서.

"아닙니다. 함께하는 사이인데 이 정도는 당연한 거죠. 저야말로 생각보다 일찍 대헌협에 들어가게 되어 죄송합니다."

- 헌터님은 정말이지…….

진심으로 감동하는 배동혁.

그렇게 두 사람은 서로 덕담을 주고받으며 전화를 끝냈다.

통화가 종료된 후 수호가 기지개를 켜며 중얼였다.

"드디어 그 녀석을 보러 가겠구만."

수호는 내일이 기다려졌다.

*

파주에 위치한 넥서스 아카데미.

그곳의 S급 길드원 전용 개인 트레이닝 룸.

수호는 그곳에 나타났다.

자신의 팀으로 영입한 서기원과 함께.

"우와……."

서기원이 넥서스 아카데미의 거대한 규모를 보며 감탄한다.

감탄할 만했다.

넥서스 아카데미의 규모는 국내 최대였으니까.

특히 그중에서도 국내 최정상급 시설을 자랑하는 S급 트레이닝 센터라면 더더욱이.

수호가 먼저 와서 인피니티에서 훈련을 진행 중인 밴시들을 가리키며 말했다.

"저기 먼저 와 있는 사람들 보이지?"

"예."

"재네도 내 팀원들이야. 그리고 앞으로 네가 함께할 사람들이기도 하지."

"오…… 그럼 저분들도 넥서스 길드 소속인가요?"

"아니, 아직."

"네?"

"길드는 생각보다 능력을 많이 따져. 근데 아직 능력 검증도 안 된 애들을 받아 줄 리가 없잖아?"

"하긴, 그것도 그렇겠네요."

"그럼 아까 말했던 대로 슬슬 얘네들 깨워서 인사나 시키……."

서기원에게 오늘의 일정에 대해 설명하려던 차였다.

바깥의 인기척에 수호가 눈을 돌렸다.

그러자 익숙한 얼굴을 가진 사내가 밖에서 기웃거리고 있었다.

낯선 사내는 놀랍게도 강대한이었다.

'오?'

만나고 싶으면 이리로 오라고 했더니 정말로 올 줄이야.

타이밍이 좋다고 생각했다.

강대한도 언젠가는 한 번쯤은 봐야 한다고 생각했으니까.

수호가 얼른 문으로 다가가 강대한을 맞이했다.

"안녕하세요?"

"오! 안녕하세요, 안수호 헌터님!"

시원시원한 말투로 인사하는 강대한.

그다운 인사였다.

수호가 웃으며 말했다.

"정말로 오실 줄은 몰랐네요. 오랜만입니다, 강대한 헌터님."

"하핫, 당연히 제가 헌터님 스케줄에 맞춰야 하지 않겠습니까? 헌터님 덕분에 제가 시험에 붙었는걸요."

"제가 아니었어도 대한 씨는 언젠가 시험에 붙으셨을 겁니다. 일단 들어오시죠."

수호는 자연스럽게 그를 안으로 들인 후 훈련장 한편에 마련된 휴게실로 안내했다.

서기원도 함께였다.

수호가 서기원에게 강대한을 소개시켜 주며 말했다.

"이쪽은 나랑 같은 기수에 시험을 치르신 강대한 헌터님이셔. 시험 성적은 차차석이시고 현재는 넥서스 길드에 소속되어 계시지."

"서기원이라고 합니다."

"강대한이라고 합니다."

두 사람은 서로 인사를 나눴고 뒤이어 수호의 말이 이어졌다.

"그나저나 대한 씨는 요즘 뭐 하고 지내세요? 팀 배정은 나셨나요?"

"하핫, 아직은 수련 기간이라 팀 배정보단 여기저기 게이트를 돌며 실무 경험을 쌓고 있습니다."

실무 경험.

말 그대로였다.

보통 길드에 가입하게 되면 길드원들은 실력에 따라 팀

이 배정되는데 배정된 팀 단위로 게이트 공략을 나서는 편이었다.

하지만 가입하자마자 팀이 배정되는 건 아니고 어느 정도 기초 실무를 쌓고 나서야 팀에 배정됐다.

그래야 생존률을 끌어 올릴 수 있었으니까.

수호가 웃으며 물었다.

"잘됐네요. 그럼 혹시 이번엔 저랑 같이 실무 경험을 한번 쌓아 보시지 않으시겠습니까?"

"허, 헌터님이랑요?"

"예, 제가 조만간 게이트 하나를 공략해야 하는데 마침 대한 씨가 함께하면 좋을 것 같아서요."

그 말에 강대한의 눈이 접시만큼 커졌다.

"저, 정말이십니까?!"

"예, 정말요."

수호가 고개를 끄덕이자 강대한의 광대가 금방이라도 승천할 것처럼 꿈틀거린다.

지극히 당연한 현상이었다.

현재 국내에서 가장 유명한 인사가 자신을 필요로 한다는데 과연 이런 반응을 안 보일 사람이 얼마나 될까?

단언컨대 원수지간이 아닌 이상 아무도 없을 것이다.

수호가 말했다.

"자세한 건 제가 알아서 처리해 둘 테니 생각 있으시면 언제든 연락……."

"아휴! 당연히 생각이 있죠! 언제라도 좋으니 불러만 주십시오!"

"그럼 지금부터 함께하시죠."

"네?"

"제가 가려는 게이트가 좀 험한 곳이거든요. 그리고 전대한 씨에게 실무 경험을 쌓게 해 드려야 할 의무가 있고 실무 경험을 쌓는 이유는 게이트 안에서 생존률을 끌어 올리기 위함이잖아요?"

"그렇죠?"

"그러니 지금부터 함께하시죠. 마침 여기엔 곧 들어갈 게이트에 함께할 멤버들이 모두 다 있거든요."

"아, 넵! 알겠습니다!"

뒤로 미룰 것 있나?

어차피 핸들링해야 한다면 지금부터 하는 게 좋지.

이후 수호는 두 사람을 데리고 인피니티에 접속했다.

"이번엔 옆!"

"오케이!!"

곤륜.

인피니티 프로그램으로 수호가 설정한 밴시들의 수련 장소.

그들은 벌써 며칠째 하루도 빠지지 않고 이곳에 나와 수호의 아바타와 싸우고 있었다.

진척률은 있었다.

전에는 싸움이 시작되자마자 3초 안에 죽었는데 이젠 최소 십여 초는 넘게 버틸 수 있었으니까.

그러나.

서걱!

약 십여 초.

그게 전부였다.

수호의 아바타가 밴시들의 머리를 잘랐고 그들은 머리가 잘림과 동시에 다시 한번 허공에 리젠돼 엉덩방아를 찧을 수밖에 없었다.

"크윽……."

구연화가 분하다는 듯 입술을 잘근 깨문다.

그때였다.

"이젠 꽤 버티네?"

그 말에 구연화를 비롯한 나머지 멤버들이 고개를 획 돌렸다.

그도 그럴 게 수호의 아바타는 절대로 자신들을 칭찬할 수 없게 프로그래밍 되어 있었으니까.

아바타가 아닌 진짜배기 수호가 나타나자 구연화의 눈이 접시만큼 커졌다.

"어……!"

"어는 무슨, 내가 물고기냐? 어라고 하게?"

"어, 언제 왔어요?"

"방금."

수호의 등장에 주저앉아 있던 네 사람이 잽싸게 일어나 도열했고 군기 바짝 든 모습에 수호가 만족스럽다는 듯 고개를 끄덕였다.

"며칠 새 분위기들이 좀 바뀐 것 같다?"

"……그럴 수밖에요. 한두 번도 아니고 올 때마다 최소 수백 번을 죽는데 분위기가 안 바뀌고 배기겠어요?"

"좋은 현상이야. 눈빛들이 살아 있는 걸 보니 다들 죽음에 대해선 좀 초연해진 것 같네. 독기도 좀 더 붙은 것 같고. 그런 의미에서 인사해. 여긴 서기원 씨고 여긴 강대한 씨야."

수호의 말에 네 사람이 가볍게 목례했고 이번엔 두 사람에게 밴시들을 소개해 주었다.

"이쪽은 두 분보다 먼저 영입된 사람들입니다. 순서대로 이쪽은 구연화, 김현민, 서교원, 곽두호입니다."

"아, 안녕하세요? 서기원이라고 합니다."

"강대한이라고 합니다."

소개와 인사가 끝나자 수호가 밴시들을 향해 말했다.

"그동안 연습한다고 고생 많았다. 슬슬 여기가 지겹지?"

"……아뇨, 하나도 안 지겨워요."

"엥? 안 지겨워?"

"네."

그 말과 함께 구연화를 비롯한 밴시들이 뒤편에 선 수호의 아바타를 노려보며 말했다.

"저놈 모가지를 베기 전까진 절대로 안 질릴 것 같네요."

진심이었다.

그동안 죽임당한 횟수가 얼만데 어떻게 지겨움을 느끼겠는가?

밴시들은 시간이 좀 더 걸리는 한이 있더라도 언젠가 반드시 수호의 아바타를 상대로 승리를 쟁취해낼 생각이었다.

그 흉흉한 기세에 수호가 흡족한 표정으로 고개를 끄덕이며 서기원과 강대한에게 말했다.

"보셨죠? 두 사람 다 앞으로 저 정도 독기는 품으셔야 합니다."

"저, 저만큼이나요?"

"그래야 게이트 안에서 살아남죠. 그런 의미에서 두 분 모두 앞으론 여기로 출근해서 저분들과 함께 훈련하도록 하세요. 아, 참고로 훈련은 당장 오늘부터입니다. 연화야."

"네."

“저기 저분은 마법사시고 저분은 탱커시거든? 저분들한테는 검술이 필요 없으니까 알아서 편대 잘 짜서 다시 도전해 봐.”

“알겠어요. 근데 게이트라뇨?”

“아, 소개만 하다 보니 정작 게이트 이야길 안 했구나. 언제까지 연습만 할 순 없잖아? 조만간 나랑 현장 하나 뛸 거니까 긴장하고 있어.”

“게이트요? 무슨 게이트요?”

“그런 게 있어. 그보다 근데 이제 슬슬 호칭 정리 좀 하자. 언제까지 저기라고 부를 순 없잖아?”

그 말에 구연화가 잠시 입을 닫더니 고개를 끄덕였다.

“뭐라고 불러 드리면 되는데요?”

“뭐라고 부르고 싶은데?”

“글……쎄요?”

구연화의 성격상 오빠라고 부르고 싶진 않았다.

수호도 그 사실을 알기에 잠시 고민한 끝에 말했다.

“이제부턴 그냥 팀장이라고 부르세요. 우린 이제 한 팀이니까.”

“알겠습니다, 팀장님.”

“근데 다들 꾸준하게 출석하네? 학교랑 직장들은 어떡하시고?”

그 말에 구연화가 수호를 째릿 노려보며 말했다.

"현생 운운하면 절실하지 않은 거라면서요?"

"그렇지. 잘 아네. 그래도 너무 걱정하지 마. 너희가 걱정하는 건 내가 다 해결해 줄 테니까. 그럼 다들 수고하고 이따 끝나면 연락해요들."

말을 마친 수호가 먼저 곤륜을 나섰다.

그러자 뒤편에 잠자코 서 있던 수호의 아바타가 다시 검을 들어 올리며 말했다.

"뭘 봐, 쓰레기들아? 쳐다볼 시간 있으면 얼른 덤비기나 해."

수호는 땅지기들의 광산에 들어가기 전까지 다른 곳에 좀 다녀올 생각이었다.

광산에서 얻고자 하는 걸 모두 손에 넣기 위해선 몇 가지 준비가 필요했으니까.

그래서 택시를 불러 파주로 향했다.

정확히는 파주 끝자락.

넥서스 아카데미도 파주에 위치해 있긴 하지만 이곳은 파주에서도 가장 금싸라기 땅이라고 불리우는 세이프존이었고, 수호가 이제 막 도착한 곳은 과거 여러 기업체들이 있던 외곽 라인이었다.

'현재는 사실상 황무지나 다름없지만.'

황무지가 된 이유?

뻔했다.

잦은 게이트 발생과 더불어 이런 외진 곳까지 관리해 줄 헌터 인력은 없었으니까.

물론 그렇다고 말 그대로 진짜 황무지가 된 건 아니었다.

이곳은 사람들에게 외면받으면서 아이러니하게도 특정 계층 사람들에겐 환영받는 곳이 됐다.

바로 불법 거래만 하는 암상인들에게 말이다.

'여기도 참 오랜만이네.'

수호는 슬럼을 연상케 하는 도시 전경을 보며 과거 회상에 잠겼다.

이곳의 이름은 '파주촌'으로 동대문 시장이 음양이 어우러진 최대 규모의 오픈 마켓이라면 이곳은 국내에서 손꼽히는 거대 암시장 중 하나였다.

수호는 대금을 지불한 뒤 차에서 내렸다.

그러자 잔뜩 긴장한 택시 기사는 수호가 내리자마자 도망치듯이 파주촌을 떠났다.

당연한 반응이었다.

이곳에선 툭하면 일어나는 게 범죄라 시외에서 온 택시들은 강도들이 노리기 딱 좋은 먹잇감이었으니까.

그래서 수호도 일부러 차를 가지고 오지 않았다.

아카데미까진 서기원과 함께 조진휘의 차를 빌려 타고 왔지만 파주촌에는 아카데미처럼 안전하게 주차할 곳이 없었기 때문이다.

수호는 무무무에 내장된 무채색 고독을 발동시키며 여유롭게 파주촌 내부를 거닐기 시작했다.

흉흉한 분위기.

시장 특유의 시끌벅적함은 찾아볼 수가 없고 길거리 곳곳에는 노숙자, 혹은 약쟁이들이 아무렇게나 널브러져 있었다.

'게이트만 아니었어도 파주가 이렇게까지 되진 않았을 텐데.'

현재의 대한민국은…… 아니, 현재의 세계는 과거에 비해 마약과 범죄, 그리고 기아와 빈곤이 비약적으로 상승했다.

전부 게이트 때문이었다.

갑작스런 게이트의 발발로 세계의 많은 곳이 파괴되고 그로 인한 빈부 격차가 세상의 음영을 짙게 만들었으니까.

그렇기 때문에 수호는 하루라도 빨리 게이트를 종식시켜야 한다고 생각했다.

파주촌에 노숙하는 이들 중에는 청소년으로 보이는 애들도 꽤나 있었으니까.

수호는 발걸음을 옮기던 끝에 웬 가게 앞에 멈춰 섰다.

그곳은 두꺼운 셔터를 내린 채 셔터 자체에 문을 단 희한한 형태의 가게였는데 파주촌에선 꽤나 흔히 볼 수 있는 형태였다.

이래야지 보안과 안전이 어느 정도 보장되기 때문.

수호가 그곳의 문을 두드리자 얼마 뒤, 얼굴이나 겨우 보일 정도로 문에 난 작은 창문이 열렸다.

"누구쇼?"

열린 창문으로부터 눈가에 주름 자글한 웬 아저씨가 나타났다.

허나 수호는 별로 아랑곳하지 않고 그의 물음에 답했다.

"사고 싶은 광산이 있어서 왔습니다."

"신원은?"

그의 물음에 수호는 잠시 무채색 고독을 해제했다. 그러자.

"아, 안수호 헌터?"

가게 주인의 눈이 휘둥그레지며 눈에 띄게 당황했다.

그 물음에 수호가 고개를 끄덕였다.

"예, 접니다."

"자, 잠시만요."

이윽고 창문이 닫히더니 안쪽에서 걸쇠 푸는 소리가 여러 차례 들렸다.

그리고 마침내 문이 열렸으며 안쪽에서 작은 체구의 남

자가 수호를 반겼다.

"흠흠, 어서 오세요. 만나서 영광입니다, 안수호 헌터."

수호는 고개를 끄덕이며 가게 안으로 들어섰다.

그러자 남자는 얼른 가게 문을 닫은 후 다시 걸쇠들을 걸었다.

이윽고 마지막 걸쇠가 잠기자 남자는 후다닥 카운터로 이동해 주인처럼 섰다.

그 모습을 본 수호가 말했다.

"가면 안 불편하세요?"

"……네? 아, 아니 뭐요?"

"의태 가면 쓰셨길래 여쭤본 겁니다. 손님이 저뿐이라면 그냥 편하게 계세요."

"……."

가게 주인은 그 말에 잠시 멍한 표정을 짓더니 이내 피식 웃으며 말했다.

"어떻게 아셨어요?"

"그냥 보여서요."

"의태 가면이 보인다라……."

피식 웃던 남자가 자신의 턱을 잡아당기더니 이내 살점이 뜯어지며 웬 가면 하나가 손에 들려져 나왔다.

그러자 아까까지만 해도 분명 대머리에 주름 자글하던 남자가 순식간에 앳돼 보이는 여성으로 변했다.

그에서 그녀가 된 가게 주인이 웃으며 말했다.

“대단하시네요. 과연 봉인 게이트를 두 개나 공략하신 분은 뭐가 달라도 다르네요.”

“네, 뭐. 그보다 장사는 하시죠?”

“그럼요. 안 그랬음 제가 헌터님을 안으로 들였겠어요?”

수호는 그녀가 누군지 안다.

그녀의 이름은 ‘최윤’으로 파주촌에서 가장 유명한 게이트 브로커였다.

아니, 그녀는 파주촌뿐만이 아니라 전국에서도 손에 꼽히는 게이트 브로커였다.

정말이었다.

그도 그럴 게 수호는 전생에서 그녀에게 몇 개의 게이트를 구입한 적이 있었으니까.

그녀가 물었다.

“근데 여긴 어떻게 아셨어요?”

“알아내려면 얼마든지 알아낼 수 있죠.”

“흐음…….”

수호의 두루뭉술한 대답에 그녀가 재밌다는 듯이 옅게 웃었다.

궁금할 테지.

왜냐면 현재의 최윤은 본격적으로 게이트 사업에 뛰어들기 전이었으니까.

'그녀는 유니온이라는 국내 최대 지하길드에 들어가면서부터 유명세를 떨치게 되지.'

시기적으로 봤을 때 그녀는 이미 유니온의 멤버일 가능성이 높았다.

다만 아직은 사업 준비 중이라 조용한 것뿐.

그런 와중에 수호가 게이트를 뜻하는 은어인 '광산'을 들먹이며 나타난데다 외견과 목소리까지 바꿔 주는 아이템, '의태 가면'까지 간파해 버렸으니 어찌 흥미가 안 생길까?

하지만 수호는 그녀의 호기심을 충족시켜 줄 생각이 없었다.

그녀가 물었다.

"좋아요. 그럼 우리 헌터님께서 찾으시는 게이트는 어떤 게이트이실까요?"

"뒤틀린 숲의 입장을 원합니다."

"뒤틀린 숲을…… 안다고요?"

"예."

"허……."

수호의 주문에 그녀가 미간을 좁혔다.

그도 그럴 게 뒤틀린 숲은 상품으로 나온 지 사흘도 되지 않은 말 그대로 따끈따끈한 신상 중에 신상이었으니까.

그녀가 좁힌 미간 그대로 물었다.

"어떻게 알았어요?"

"뭘요?"

"저한테 뒤틀린 숲이 있다는 걸요."

"암시장에서 그런 것도 말해 줘야 합니까?"

"그건 아니지만…… 좀 신기해서요."

"그럴 수 있죠. 하지만 너무 궁금해하시진 않았으면 하네요. 저도 사장님한테 뒤틀린 숲을 어디서 구했는지 물어보진 않잖아요?"

그 말에 그녀가 잠시 입을 다물더니 이내 피식 웃으며 말했다.

"하긴 그것도 그렇죠. 너무 신기한 나머지 제가 실수했네요."

"괜찮습니다. 실수가 두 번 반복되지만 않는다면."

"알겠습니다. 혹시 파주촌은 이용해 보셨나요?"

"예, 대금은 현금으로 준비했습니다. 전 지금도 괜찮으니 최대한 빨리 뒤틀린 숲에 들어가고 싶습니다."

"준비성이 철저하시네요. 근데 뒤틀린 숲의 가격이 얼마일지 아시고 현금을 미리 준비하셨대요?"

"끽해야 한 번 입장하는 건데 그 정도도 준비 못 할까요."

게이트 거래에선 보통 두 가지 상품이 존재한다.

게이트 자체를 사고파는 게이트 소유권과 임대 형식으로 한 번의 입장을 허락해 주는 입장권.

당연히 소유권이 더 비싸다.

하지만 입장권도 어떻게 입장하냐에 따라 가격이 달라지는데 입장하는 사람이 많아질수록 게이트가 공략될 확률이 높아지기 때문에 입장하는 머릿수가 많아질수록 입장료 또한 오른다.

최윤이 물었다.

"철저하셔라. 그럼 같이 들어가시는 분들은 몇 분이나 되실까요?"

"혼자 들어갑니다."

"혼자요?"

"네."

"……."

수호의 말에 최윤은 더 이상 말을 잇지 않았다.

일행이 없어서 혹시나 했는데 정말로 수호 혼자 들어가겠다고 할 줄은 몰랐기 때문.

놀란 마음을 삼킨 그녀가 말했다.

"……알겠습니다, 우선 대금부터 받겠습니다. 뒤틀린 숲의 1인 1회 입장료는 1억입니다."

수호는 미리 준비해 온 가방에서 현금 1억 원을 보여주었다.

그런 다음 그중 10만 원권 한 뭉치를 들어 그녀에게 내밀었다.

"나머지는 게이트 앞에서 지불하겠습니다."

정석적인 거래 방식.

그녀는 고개를 끄덕였고 최윤은 이어 그를 데리고 가게 뒤편에 마련된 차고지로 향했다.

차고지 안엔 튼튼해 보이는 오프로드 차량이 한 대 있었는데 수호는 차량 한편에 새겨져 있는 유니온의 마크를 보고 속으로 고개를 끄덕였다.

'역시 유니온 소속이 되었군.'

최윤이 차를 턱짓으로 가리키며 말했다.

"게이트가 있는 곳까지 안내해 드리겠습니다."

두 사람은 차에 탑승했고 운전석에 앉은 그녀는 리모컨으로 차고지 문을 열었다.

그러자 일순 사람들의 시선이 그녀의 차로 몰렸으나 그녀의 차를 알아본 사람들은 이내 다른 곳으로 시선을 돌렸다.

최윤의 영향력도 영향력이었지만 그녀의 차에 새겨진 유니온 마크 때문이기도 했다.

'역시.'

이런 곳은 뒷배가 최고다.

그래야 쓸데없는 싸움을 피할 수 있으니까.

이윽고 차량이 출발한다.

✻

그녀의 차는 파주를 지나 임진강을 건너 개성으로 향했다.

허나 수호도 최윤도 국경을 뚫고 개성으로 가고 있음에도 그 누구도 놀라지 않았다.

세상이 격변한 이후 북한은 얼마 가지 못해 거의 괴멸 수준에 이르렀으니까.

'현재의 북한은 거의 무정부 사태와 다를 바가 없지.'

처음엔 괴멸 수준에 이른 북한을 중국이 넘보았다.

그러나 현재 중국의 국경과 맞닿아 있는 그곳에는 '그놈'들이 포진되어 있어 보통의 헌터들…… 아니, 중국의 정예군이라 할지라도 쉽사리 접근할 수 있는 구역이 되어버렸다.

최윤이 수호를 힐끔 보며 물었다.

"북으로 넘어왔는데도 별로 안 놀라시네요?"

"예, 뭐."

"엄청 무뚝뚝하시다. 기사에서 봤을 땐 별로 안 그렇게 보였는데."

"제 인상이 좋았나 보죠."

"하하, 재밌는 성격이셨네."

이윽고 차량이 멈추었다.

멈춘 곳에는 텐트 몇 개가 보였는데 최윤의 차가 등장하자 텐트에서 사람들이 쏟아져 나왔다.

다들 평상복과 장비 아이템을 혼합적으로 걸치고 있는 게 전형적인 길거리 헌터들의 모습이었다.

최윤과 수호는 차에서 내린 뒤 그들 앞으로 다가갔다.

가장 앞에 선 남자에게 최윤이 말했다.

"최윤입니다. 아까 연락했던 대로 이분이 뒤틀린 숲에 들어가실 겁니다."

그 말에 남자가 힐긋 수호를 쳐다보더니 한쪽 입꼬리를 올리며 말했다.

"정말 안수호였네?"

"예의를 지키는 게 어때요? 그래도 손님이신데."

"그럼그럼. 당연하지. 그보다 대금은?"

"확인하고 계약금까지 받았습니다. 그보다 사장님은요?"

"너거 사장 여기 있다."

그때였다.

최윤의 물음에 텐트 안쪽에서 대답이 들려온 건.

이윽고 대답이 들려온 텐트 안에서 웬 남자가 걸어 나왔다.

그런데 그를 본 수호의 눈이 일순 커졌다.

'저놈은…….'

잘못 본 게 아니었다.

텐트 안에서 걸어온 남자.

그는 거대한 덩치에 민머리가 인상적인 남자였는데 그렇기에 더더욱 확실했다.

그는 전생에 한국에서 손꼽히는 인신매매단의 수장, '방두억'이었다.

다음 권으로 이어집니다